你看到的世界的你看到的

吕东亮 著

江苏凤凰文艺出版社

你看世间的所有光能

纪胜平 著

出品人	张在健
责任编辑	姜亦朋
营销编辑	朱文婕
特约策划	陈俊文　张馨心
特约编辑	李慕北
特约营销	刘 昊
装帧设计	闵敏卡
责任印制	杨 丹

出版发行	江苏凤凰文艺出版社
	南京市中央路165号，邮编：210009
网 址	http://www.jswenyi.com
印 刷	苏州市越洋印刷有限公司
开 本	880毫米×1230毫米 1/32
印 张	8.75
字 数	180千字
版 次	2025年5月第1版
印 次	2025年5月第1次印刷
书 号	ISBN 978-7-5594-9184-8
定 价	59.00元

江苏凤凰文艺图书凡印装错误，可向出版社调换，联系电话025-83280257

图书在版编目（CIP）数据

你看世间的所有光能 / 纪胜平著. -- 南京 : 江苏凤凰文艺出版社, 2025. 5. -- ISBN 978-7-5594-9184-8
I. I267
中国国家版本馆CIP数据核字第2024F0E688号

目录

北方以北
Beyond the North

- 003　黑土无言
- 011　晃晃荡荡的人间
- 026　被铭记的与该遗忘的
- 034　人啊人
- 045　我与一亿棵大树相逢
- 053　两次死别
- 062　青云之下
- 073　猫啊狗啊和一群羊
- 085　我不是算命先生
- 095　我们与恶的距离
- 103　一江悔恨向海流
- 117　最长的告别
- 131　无尽闪亮的哀愁

南方以南
Beyond the South

145 永无止境的迁徙

153 夜里无星

168 你看世间朗朗有光照

183 像房事一样忧伤

190 珍爱花店的最后两年

199 往事随云走

214 飞机掠过明亮的早晨

229 你是心中最美的遗迹

244 给小扑通的一封信

后记
Epilogue

259 岁月从此分两边

北方以北

Beyond the North

黑土无言

在我的记忆里，我们村子的最高建筑是一个红砖垒砌的大烟囱，有四五十米高，孤零零地矗立在村庄北面的一片荒地上，矗立了好多年，矗立成了一种习惯，无人过多注视，也无人上前打扰。

这个大烟囱是我爷爷在我还没有出生的时候建的，它是一家砖厂的配套设施，那些烧制红砖的滚滚浓烟，穿透它的整个腹腔，从它头顶排出，形成一片低矮的云。

在我童年时，确切地说是刚有记忆的时候，是砖厂最鼎盛的时期。村里很多沾亲带故的人在厂子里做工，有些工人为了讨好我爷爷，就转个弯地来讨好我。在很多个午睡醒来的时候，炕上总会有一堆堆空降的零食，把我小小的身躯包围。

可幸福总是短暂的，没过几年，家族式企业的弊端显现，砖厂因为沾亲带故的人太多，倒闭了。砖窑被扒掉，机械被拉走，所有工人也都一哄而散，只留下那个高大的不知怎么处理的大烟囱，孤零零地矗立在那里，它和我爷爷因破产而欠下的许多债一样，不知如何是好。

我爷爷因为欠债，出去躲了两三年，再回来时，那片砖厂已经成了野草丛生的荒芜之地。他和我奶奶两个人，决定把这片地变成耕地，于是雇了拖拉机来拓荒，翻土，打垄，我们一群孩子也被叫来，跟在拖拉机后边捡那些混入黑土的砖块。砖块太多太多，每年春天翻地时都会捡出一批来，一筐筐地抬出去，这一捡又捡走了好几年。

自然，庄稼也一茬一茬地长了起来，高高的玉米秆子像纪律严明的秦兵，千军万马都在初秋的风里摇晃。如果没有那个突兀的大烟囱在某些雷雨季节出现避雷针被闪电击中的奇观，人们都忘记了这里还曾经存在过一家砖厂。

二十一世纪到来，一名曾经在镇子里教书的中学老师，被选上了村主任。他上任的第一件事，竟然是要把我爷爷的那片土地收归村里，我爷爷自然是要反抗的，争吵，谈判，最后是找律师打官司。民告官，秋菊打官司有先例，但具体法律条款，家里人和年少的我都不清楚，只记得爷爷一遍一遍地往县里跑，但也焦头烂额地没个头绪。

那时正值春耕，一整片土地等待播种，错过了时节就荒废了年头。奶奶带着家族里的人去播种，村主任就带着一群跟班阻拦。家里人顽固，硬是把种子都播种下去。但夜里，村主任又带人把播种好的种子全都翻了出来。我家里人还算克制，没有去纠集打斗，只是继续默默播种，然后再被翻掉。反复折腾几次，土地被折腾得够呛。官司还没有结果，我爷爷愤懑地坐在炕上抽烟，我奶奶坐在村子中央的石头上，见到村主任和他的家人路过就咒骂。村里人都觉得我奶奶疯了。

事情延续到春末，种子再也无法播种，官司也没个明确，那片土地就荒芜在那里。奶奶不再咒骂，爷爷也不再往县城里跑，我们家就和那秋天里的稗草一般失去了韧劲，悄悄地吞下了这口恶气。

夏季末尾，村里在那片荒地上建起了两间小房子，号称养兔场。所有人都能看出这是为了收回土地而找的名堂，因为从头到尾，就没见到任何一只带毛的生物。

我在童年的末端目睹了这场关于土地的混沌事件，很多事情到现在也没能搞清楚，只记得对于村主任的仇恨在家里每一个人身上蔓延。

几年后，我跟随父母搬离了村子，城市里的生活和土地再无瓜葛。我爷爷似乎卸下了那份怨气，或者是无力抗争了，他从隔壁的村子买了几百只羊回来。以后的日子，就赶着羊群漫山遍野地游走，在冬季里，那羊群时常和大雪混在一起，都是白茫茫一片。

又过了几年，我爷爷因为在冬天里摔了一个跟头，之后匆匆去世了。我赶回去参加葬礼，那时距离我第一本书出版还有一个月时间，爷爷没看到，我遗憾了好久。

下葬那天，我们送爷爷去祖坟地，那是一片山林之间的空地，已经安葬了几位先人。可当下葬的队伍到达时，又见到了村主任的身影，他拿着根木棍挡在坟前，阻拦下葬。

十几年未见，他老了一些。这些年，他的心里或许也积累了许多对我爷爷的怨恨，所以他想要再做点什么出出这口气。可那时，他已失去了多年前的风光。时间在累积，村子却在缩小，他在连任了两届后也下了台。接着是村屯合并，我们村子和隔壁的村子行政权合二为一，这个小小的村庄再无"村官"可言。

当人没有了权力的帮衬，就只能用最拙劣的手段恶心你，可惜此时他没了职务，也就没了帮手，一个人想阻拦一支队伍是何等的荒谬。家里几个壮年的男人拿起铁锹作势要拍他，他吓得跑走，留下一个狼狈的背影。

说实话，随着自身的成长，以及对法律条款的了解，对当年爷爷和他的那场战争，我有了更理性的看法。但是在情理上，我仍旧无法原谅他。特别是在他拦住下葬队伍的这一刻，我猛地又想起当年的某个深夜，爷爷归来和奶奶讲起的一些话语。我通过只言片语，猜测爷爷去找村主任和解，商量用租赁的方式再取得土地使用权以及更改土地使用性质，但是村主任拒绝了，他坚持要盖那两间虚无的养兔场。

那之后，一地的荒草便长了出来，爷爷在我心中一直挺拔的身姿也突然驼了。我在爷爷下葬后的泪水里又看到了当年的一切，心中的怨恨不再激荡，却流淌成一条大河，平缓，不息。

爷爷葬礼过后，我回到工作的地方，接着是出书，辞职，再出书，然后来到北京、上海，开始一番新的际遇，生活也豁然开了条口子，灌满了晨风。曾经的那些事,一下子变成了陈旧的往事,不提起就不再想起。

后来每年回乡过年,偶尔也听家里人聊起,说村主任一家搬进了县城,是新建的电梯楼,环境很好,靠着湖边,所有人都说看来他贪了很多钱。然后是被人举报,他在村里横行多年,结下了不少仇,他四处找人托关系,据说是花了些钱摆平。

我有次去一个搞建筑的老板家做客,却在那里巧遇了村主任,他们言谈之间似乎是想做些生意,他对年轻的老板始终露出一副巴结的神态。我本想装作和他不认识,闲聊几句就走,但他看老板和我很熟,就主动和我攀谈,还提起往事。我觉得这人奇怪,就只说了一句:"你对我爷爷做的事情,我都记得。"他脸色就难看了,但还努力保持着笑意,我看着那笑意一阵厌恶,便起身离开了。

后来他们的生意谈没谈成,我没多问,只是某次那个老板和我提过,说村主任那个人不识交。生意人说话从来不敢开说,点到为止,我就差不多懂了他的意思。

又一年春节,我被拉进了一个小学的同学群里。大家张罗着初三聚会,我抱着观察生命的心态想去看看。多年不见,那些童年里的人都长成了什么样?这里面应该能看到些命运的脉络。却没想到,我们当时的班主任也来参加了。当她推开包厢门进来的那一刻,我有种起身走的冲动,因为她是村主任的老婆。

班主任这人,当年教书其实还不错,对我也还挺好。但后来由于我爷爷和村主任的关系，我对她有了另外的看法，觉得她是同谋，是把我家害得落魄的帮凶。她看我也别扭，不知道是不是因为这份别扭，在小学的最后一年，她对我的态度有些莫名的冷漠。之后，我升入中学，学校要一份小学班主任对我的评价，我别别扭扭了好多天，才去找了另外一位老师帮忙转达。后来评价拿到了，评语很是中肯，但也是另一个老师帮着她转给我的。我们似乎都不想再见到对方。

这次再相遇，第一个感受自然也是她老了，人也随和了许多。在当晚的饭桌上，她刻意坐在了我旁边，对我问东问西，好像要把这些年我的成长路径全都掌握一般。或许她觉得，在这小小的村庄里，她的学生成为一个写作者，还出了书，对于身为老师的她来说，是一份骄傲。

我那晚也喝了些酒，人就宽容了许多，把心里的别扭劲压了下去，一直陪着她聊天。聊到最后离开时，她主动加了我的微信，我通过后才看清她的微信名字后面备注着"中国人寿"。

我之后和同学打听，才知道人口递减村屯合并后，学校紧跟着也合并，师资力量过剩，裁掉了一批民办教师，她就在其中。没了工作，她就待在县城的房子里，想着儿子也到了适婚年龄，将来结婚生孩子，她就做个朴实的老人，带带孩子，看看孙子。可儿子走了另一条路，不喜欢年轻的女性，只爱和上了年纪的女人打交道，常年混迹在外地，几年都不见个踪影。她的日子失去了指望，只能另寻出路。

几天后,她给我发了条消息,推荐一款人寿保险,保费每年一万零八百,要持续交三十年。我想了想,没有回她。

前几年我最后一次回乡,带了几本新书去给爷爷上坟。那天下大雪,山林里风也大,我在厚厚的雪地里刨了个坑,才把那书点着,然后看着文字一个个在火光里化作烟尘,飞往更远的地方。

上完坟我开着车子回县城,途经村庄的路口,看到两个人在路边等车。每到冬天,大雪容易封路,来往县城和村屯的客运车辆经常停摆,这现象多少年都没能改变。

那两个人看我的车子过来,就一直招手想搭顺风车。我没犹豫就停了车子,按下车窗才看清,是村主任和他的老婆。他俩看到我,也愣住了,我们就那么对看着。我看着雪落了他们一头,那鬓角的白发就更明显了。

他老婆先回过神来,冲我笑了笑,一手拉着村主任一手拉开车后门。村主任似乎有些抗拒,但最终抵不过寒冷,坐进了车子。班主任和我客套,问我回来玩啊?我说给我爷上坟。她点了点头,就没了话语。

我开着车子往前走,穿过一整个村庄,就看到了那片曾经满是争议的土地。近两年乡下在搞农村合作社试点,这片地上准备建大型的粮仓。搞建筑的老板承包下了这个活,那矗立多年的烟囱和养兔场的房子就都被拆掉了。建了一半的粮仓,冬日里停工,被雪覆盖住裸露的砖瓦,像一处新的遗迹。

时代的车轮能碾轧过所有的个人恩怨，人的记忆也终会消失，只有土地能记住这一切。

车子缓缓驶过，我们三人的目光都看向窗外。在那一天一地的大雪里，我们其实有很多话可以说，但最终什么都没说。

晃晃荡荡的人间

近一年来，臣哥总是在微信上管我借钱，不多，每次都是二十三十的。我开始以为他缺钱买酒喝，就不多问，直接红包发给他，也没想着管他要过，他估计也没真心想还。可次数多了，我难免心生疑惑，酒咋总是三更半夜买呢？

于是他又一次管我借钱时，我问他到底要干啥。他支支吾吾不说，还激我，说你不借拉倒。我就真不给他转。过了一会他又服软回来了，说没干啥，就是看直播打赏玩玩。我说哪个主播啊，这么有吸引力？他就发了个链接过来，是个叫丹妹的女人，长得一般，美颜开得挺大也一般，直播也没啥才艺，就是唠唠嗑，偶尔唱唱歌。直播间的人数就十来个，但挺有毅力，一直播就能到大半夜。

臣哥说这丹妹离他不远，就七八十里路，因为这距离，感觉比那些天南地北的主播都亲近，现在他是榜一大哥。他讲到这觉得挺自豪，说丹妹还说有机会见面一起吃饭。

我说你小心被骗了，隔着屏幕二十三十的打赏玩玩可以，见了面就不好说了。

这话他不愿听，说你不知道，丹妹这人挺好的，肯定不会坑我。我一听这就是痴汉言论，人应该已经被哄得五迷三道了，但我懒得和他讲道理，他那人如果主观上认定了一件事，费多大劲都讲不通。

我又给他转了三十块钱，他发了个谢谢的表情，然后补充了一句，这事别告诉我家里人。我蒙了一下，这事是指他给主播打赏还是指管我借钱？但我没问，就笼统地回复了个好的，然后两件事一起帮着他瞒了下来。

臣哥是我东北的朋友，我们从小在一个村子里长大，他是家里第三个孩子，上头还有两个姐姐。他妈怀他时肺子出了毛病，吃了挺多药，所以臣哥一落地，双腿就是瘸的。

这瘸腿在小时候就挺明显的，一般人一岁多就会走路，他到了三岁才能勉强扶着墙挪步，长大后腿瘸得更厉害了，迎面离老远就能看到一个人拐了拐了地晃荡过来，手脚都不太协调，像同时挎着一个虚无的筐。

他除了腿脚的残疾，智商也稍微有那么一点问题，生活中说话办事没问题，学习东西就比较吃力，算数算不出来，背诵课文也永远磕磕巴巴，写起字来除了他自己没人能认清。老师们都同情他的残疾，对于他也就不苛责。父母觉得对这孩子的残疾有责任，于他有太多的愧疚，也就比较放任，所以他在小学留了几次级，勉强混到毕业后，家里就随了他的愿，没有继续送他去镇子里读中学。

他落得一身轻，整天在村子里游荡玩耍，可人哪能终日游荡呢？

家里条件也不是太好，他慢慢长大起来，就总得找点事情干。

家里托人给他找了份工作，是道班的临时工，每天拎着把铁锹，沿着乡村通往县城的砂石公路来回走，遇到坑坑洼洼就填补，遇到大石头碍路就撮走，下雨过后路基不稳当，就得培上几锹土。这工作比较适合他，因为近于游荡，唯一的难点是腿脚不利索，常常一个来回就到了天黑。

家里人心疼他，给他买了辆自行车，他苦练了一阵子，腿脚摔得没一个好地方，倒也磕磕绊绊地学会了。可这车没骑几天，县里突然大搞基建，每一条砂石路都要修成水泥路。水泥路一修成，溜光水滑的，他这个工种就显得多余了，于是他这扛着铁锹游荡的日子也结束了。

之后家里人又求人给他找了另一份工作，也和公路有关——在高速公路上捡垃圾。家里人领着他去负责人的办公室，人家看了他一眼就给否了，说不行，腿脚太不利索了，那一上去不得让车给撞飞啊？

家里人没放弃，回来后又找了人，这回是去建筑工地打更，说不用到处溜达，在打更室里坐着就行，狗要是会说话都能干，特别适合他。

臣哥去了两天，自己就跑回来了。说啥建筑工地啊，就是个挖矿的，荒山野岭的，啥都没盖起来呢，那打更室就是顶帐篷，晚上钻进去，大风一刮鬼哭狼嚎的，太吓人了。

家里人对这事不同情，开始数落他，大男人咋那么胆小？这么好的工作多难找啊？他也不回嘴，就说反正自己不能干。

之后没能再找到工作，到了年跟前，有人出主意，让他去县里送财神，那玩意进货一张几分钱，敲开哪家门不给个十块八块的？这利润是几百上千倍。他听了心动，就去进了一批货，然后在县里挨个小区窜，挨家敲门。他跟个死橛子似的，把人敲出来了就说送财神，也不多说一些拜年嗑。人家看他是残疾，也就没多计较，十块八块的钱就攒了起来，几天下来也赚了一摞子。

可好景不长，他敲开一家门时，开门出来的竟然是小学同学的爸妈，那家前些年给孩子陪读，搬到县里住了。他看到是熟人，一下子脸涨得通红，人家给钱他也不接，掉头跑走了，跑出楼道就把手里的财神全都丢进了垃圾桶，以后再也不去送了。

他可能是灰心了，也可能是几次的挫折让他感到自卑，自卑强烈了，就变成自尊外化出来。

家里人应该不懂这心理，又开始数落他，说靠自己双手赚钱，没偷没抢的，有啥丢人？他说咋不丢人？不丢人你们咋不去干？这说得好听是去送财神，其实就是去要饭。家里人说现在我们养着你，等我们都死了，你还就得去要饭了！他说等你们死了，我就喝农药。家里人说你咋这么没出息呢？他说这样不也是你们生的？你们要是把我生得好好的，我能这样？

家里人不说话了，这好像确实是事情的源头，但也不甘心被这么噎死，就继续追根溯源，说早知道这样，我们就该把你打掉！

这次争吵之后，家里人再也没提过给他找工作的事，双方达成了某种默契，言谈之中快接近这个话题时便自行绕开，就像他继续在村子里游荡，一晃就自行绕开了好几个春夏秋冬一样。

几年后，臣哥母亲的肺病越发严重，农村的生活里，平日的烧火做饭、冬天的煤炉冒出的烟都会让她产生剧烈且持久的咳嗽，于是他们一家在县城里租了个楼房。七层楼的顶楼阁楼，屋顶是倾斜的，最矮的地方人直不起腰来。虽然狭小又局促，但他们也算是过上了城市生活。

对于臣哥来说，城市生活最直观的感受就是比农村热闹，他很快就结交上了一些朋友。这些朋友也不知道是在哪里认识的，但都有一个共性，就是没工作的男性，以及或多或少有点残疾，不是身体上的，就是脑子里的。

他们中有几个我后来见过，年纪最大的四十多岁，手被电击过，每根手指都伸不直，但还爱打斗地主，扑克牌抓一半掉一半，一边打牌一边捡牌，看着都闹心。年纪最小的十七八岁，身体上没啥问题，但明显智商不足，经常兜里揣着半包捏碎的方便面，走走路就捏一点放嘴里嚼。他还挺馋，看到人吃东西就直勾勾地看着，问能给我尝尝吗？人家不给，他就说操你八辈祖宗，然后撒腿跑走。还有个人是文艺青年，高度近视，和你说话恨不得凑到你鼻子跟前，打牌时眼睛就贴在扑克上。他爱创作小品，时不时就写出一个来，自己演给大家看，还投稿给县里的电视栏目，也参加过"咱村也有文艺人"之类的民间选秀，但都没被选中过。他还有个表弟，也经常过来和大家一起玩,那人瞅着挺机灵,永远手插兜装酷,后来才知道是放二踢脚把手指头崩掉了一截。

奇能异士们经常聚在一起,总觉得能琢磨出点大事,但实际上他们除了喝大酒啥事也没琢磨过。他们都没钱,偶尔谁不知从哪里抠了点钱出来,就招呼大家去撮一顿。去的是出租车司机最爱去的吃自助盒饭的地方,十块钱两荤两素,也有三六九元的小炒,一群人去吃,也花不了几十块钱。唯一费钱的就是喝酒,啤酒一人能喝七八瓶,太奢侈了,还是白酒实惠,那种散装的小烧,论斤卖,一桶十斤,一顿全能造光。

臣哥很开心,在这个世界终于找到了伙伴,每顿必须喝得五马长枪。喝完一群人在大街上乱晃,可以说是横着走,没人敢惹,谁看见这一群奇形怪状的酒蒙子,都躲得远远的。

但臣哥的快乐没持续多久,大酒喝多了总归是伤身的。他有天半夜喝多了往家走,摔进了排水渠,让一个环卫工人给拽了上来,脑袋缝了好几针。家里人痛骂他,不准他再和那群人混。他表面答应,背地里还偷着往外跑,酒不能明着喝,就偷偷喝,醒酒了再回家,之后一次醒来就是在派出所里,他吓坏了,以为自己酒后乱性犯了罪,问了又问才知道,是"咱村也有文艺人"喝进了医院,脑梗。

文艺人他妈以前唱过两年二人转,也算走南闯北过,后来不知道和谁怀了他。尽管生孩子生得稀里糊涂,但是法律条款门清,自己儿子喝成这样,酒桌上的每个王八犊子都有责任。于是报了警,当着警察面又说可以私了。

臣哥让家里人领了回去，家里人又和其他人的家里人商量，最后一起凑了十万块钱，给了唱二人转的。她一边骂说这根本不够，我家孩子半身不遂了，下半辈子得跟伺候祖宗一样伺候；一边把钱装进布兜子，出了门就往银行跑。

臣哥的酒局和伙伴就这么散了，有时在路上迎面遇到，会站住说两句话，但再也不敢坐下来吃顿饭了，心里都有了阴影，每个人都是暗雷，怕再把自己嘣着。

臣哥家里人觉得不能让他再这么混下去了。他的两个姐姐已经嫁人，这些年日子过得好了起来，就想起这个弟弟也过三十岁了，该成个家了。之前几年不是没想过这事，但是家里穷，人又残疾，难度太大，没人敢提。现在虽也说不上有多富裕，但找个门当户对，也有点缺陷的女的，应该没啥问题。或许成了家，他就能有了责任心，会想再去做点什么，自己把家支撑起来。

臣哥也挺开心，打扮得利利索索去相亲。对于家里定的相亲基调，他也没啥意见，有缺陷就有缺陷呗，全头全脸的谁能看上自己？

头一个被媒人带过来的是脑子有问题的女人，初看起来还挺正常，但说起话来就没着没落的，一会说来的路上看上双丝袜，穿起来得嘎嘎带劲，一会说臣哥长得像阴曹地府的牛头马面，过了一会又说起自己村里儿媳妇和公公扒灰，说完就一个劲地瞅臣哥他爸，把一屋子人都瞅得挺尴尬的。臣哥他妈气得直咳嗽，人走了之后就下了话，说以后脑子有毛病的一定不能找。

北方以北

下一个相亲的脑子没毛病，眼睛有点问题，歪斜，和你说话的时候，眼睛一直盯着旁边看，像旁边站着个魂儿似的，瘆得慌。臣哥看不上，家里人也是这个意思。可还没等表明态度，人家女方先开口了，说就你这条件，我来了住哪儿啊？这么小个地方住四个人，挤挤嚓嚓的，我这人肃静惯了，不习惯。又说臣哥连个正经工作都没有，跟了他以后喝风啊？又拐了个弯说，如果给我买个楼房，不用太大，六十多平就行，再给我十万的过河钱，我也可以考虑考虑。

欢送走这一个，又迎来下一个，这个女的看起来和臣哥挺般配的，都是腿上落了残疾，小儿麻痹后遗症，一条腿细得像根竹竿。她对臣哥本人和他的家庭都挺满意的，说话也明事理，说不是这样的人不是这样的家庭，你们也不能看上我，这世界就是这样的，王子配公主，土豆炖茄子。她又说，你家两个姐姐一个弟弟，当年超生都硬要生，肯定是为了要男孩。现在他到了这个岁数，费劲巴拉也非要娶媳妇，肯定也是为了传宗接代，我呢也喜欢小孩，所以我想提前去医院做个检查，我俩都能生育就在一起，不能生育就别耽误对方。

这话说得通透，连臣哥家隐秘的愿望都给说透了。于是两人就去做了检查，是女人领着去的，臣哥羞涩，老实地跟在身后，看她说话办事头头是道的，想着以后这个家她操持肯定没错。

结果很快出来了，女人没问题，臣哥的精子活力太低，很难让女方怀孕。臣哥捂着裤裆觉得羞耻，找借口说就是这几年酒喝得太多。女人却大大方方，说这没啥，有病咱就治呗，先戒酒，再吃药。

然后带着臣哥去了趟中医馆，开了一大袋子的中药，熬好了装袋，每天饭后一袋。

这药挺贵的，一个疗程就是半年，臣哥喝着心疼，但也咬着牙硬喝。喝完了女人又领着去医院，精子活力上来一些了，但还是低，药还得继续喝。臣哥的二姐觉得不太对劲，问这报告单有没有电子的？女人说没有。二姐纳闷，就留了个心眼，过几天偷偷带着臣哥去另一家医院检查，报告出来了，没问题。一家人这才醒悟：被这女人骗了，她就是个中药托。

两个姐姐气不过，报了警。警察说这也没证据啊，再说那中药确实是壮阳的。又找了医生咨询，医生说，精子这玩意的活力，和人生似的，高高低低很正常。

两个姐姐不服，又带上臣哥和两个姐夫去找那女人。女人家在临县的镇子里，五个人到了那一看，矮巴巴的泥巴房，里面两铺炕，一个瞎眼老太太在照顾一个全身瘫痪的老头，日子实在是过得够难。

二姐质问，你闺女呢？老太太看不见，以为来的是朋友，说我闺女和她对象出去旅游了。

臣哥蒙了，她对象不是我吗？我就在这杵着呢。说完才明白过来，人家同时挂着好几个，他并不特别，只是被骗的其中之一。

二姐一脚把炕边的尿盆踹翻，说去你妈的，等你闺女死回来了，我们再来。

几个人窝着火离开。几天后媒人拎着两只鸡上门，说真是不好意思，没想到她是那样的人。二姐说她回来了？想咋解决？媒人说她要告你们,说你们去她家欺负老人,尿盆都踹翻了。

这是实话,二姐没话说。媒人又说,要不这事就算了吧,你们吃点亏,她受点气,那药也没喝别人肚子里,我看你弟弟精气神比以前好多了,都是残疾人,都活得不容易,就别互相为难了。

臣哥一家人互相看了看,都没再说话。媒人说我以后遇到合适的,再给你们介绍。

媒人一走,从此就再也没了消息,可能是真没有遇到合适的人。臣哥一家经历了这么一遭,也灰了心,结婚这事就再也没人提起。

我前几年回东北办事,和臣哥见了一面。他又把喝酒的习惯捡了回来,啤的白的掺着喝,喝得很凶。

我细盘算,他也快四十了,岁月倏忽,半生已过。我问他最近在干啥呢?他很骄傲,说老忙了,天天去娱乐城玩。然后从兜里掏出一张卡。我以为是高级夜总会的会员卡,拿起来细看,才发现是游戏厅充币子的卡,所谓的娱乐城其实是地下商场里的游戏厅,游戏机跳舞机捕鱼游戏,样样齐全。

我疑惑这每天去玩,钱从哪里来?他说不花钱,拿着这张卡,看到谁走了,忘记下分了,就把卡插进去,分就到了自己卡里。我说记性差的人这么多吗?他说不多,大多数是打鱼的剩十分二十分,不够一个大炮的,人家就不要了;还有一些是玩跳舞机的,币子从兜里蹦出来掉机器底下了,他就趴地上捡出来,也充这卡里。

原来是捡鸡零狗碎。我问他天天捡的够玩吗?他说不够,有时老板还往外撵他，撵了几次倒也熟了，就让他在里面混着了，生意不好的时候还能多点人气，有时还给他几个币子玩一玩。他又自豪地拍了拍卡，说这里面现在能换两百多个币子，我请你去玩啊？

我说不了，这也是你好不容易积攒的财富，自己慢慢玩吧，我怕给你玩没了，还得再给你充五百个进去。

他笑说那哪能啊，然后把卡揣进了兜里。

我又提起他相亲的事，问后来再也没有吗？他摇头，说结婚这事这辈子不考虑了，不好找。他又说，不光我这样的不好找，现在胳膊腿没毛病的男的也不好找。

臣哥那天喝多了，干了两件事。第一件事是抱着我家的马桶吐，不知道怎么来的力气，把马桶底座掰折了，污秽流了一地。第二件事，是问了句有哲理的话："都说女人是水，但水咋都爱往高处流？"

我懒得和他说，这是物竞天择，也不想跟他分析男女比例失调的问题，有一部分男人注定就要至死是单身。这都太大了，他不爱听。我也没说，你咋不想想，人家凭什么选择你？图你能钻机器底下捡币子啊？这话太伤自尊，怕他哭。他的人生走到此，有先天的原因，也有后天的因素，他选择了一种生活，也心不甘情不愿地放弃了想要的婚姻，那我也就只能宽慰他一句：为什么非要结婚呢？一个人过日子多自在。

他说对，对，是挺好的，还没压力。

这几年臣哥母亲的病情缓慢加重，父亲也得了严重的糖尿病，两个姐姐的日子也没有变得更好。但他们的日子并不算难过，农村的土地承包出去，每年能有一万多的租金，他们又向政府申请了低保，每个月也能领一千多块钱。政府除了给钱还在农村给盖了新房，生了病的话，农村合作医疗又能报销绝大部分。他是残疾人，逢年过节还会有点过节钱和米面油的补贴。这种日子，就算永远不工作，基本温饱也绝对没问题，只要没有过多的欲望，日子过得确实自在。

可日子总是不让人平静，湖边总有人手贱往水里扔石头。

这两年，丹妹跟一个炸雷似的横空出世，把臣哥炸晕了。我以为他们的缘分是从管我要钱那阵开始，实则要比这更早。用臣哥的话说，他已经守护她四年了。这四年里，只要丹妹开直播，不管几点钟，臣哥肯定准时抵达，在那个从未超过二十人在线的直播间里，他跟个打更的似的，一宿一宿地守护，她直播六小时，他就守六小时，她直播一晚上，他睡着了手机也得开着。

我问臣哥，你喜欢她啥啊？他支支吾吾，和在星光大道发言似的，先说丹妹家多不容易，爸死得早，只有一个老妈，她自己也有一段不幸的婚姻，离了婚，嫌上班太累，就来干直播，一个二十六岁的女人独自在外面打拼，都是难事。我说拉倒吧，那女的看上去最少得三十六了，美颜一关得直奔四十。他说不管，她说二十六就是二十六。我说你都爱得这么深了吗？他说啥爱不爱的，就是个陪伴，她人可好了，每次打赏都是我主动打的，她从来没管我要过。

我大概理解他的心境，他的人生到此，在现实层面找不到任何精神的寄托，于是把一腔的空虚都投射到了那个小小的屏幕上，发束花，发个啤酒，丹妹就会说谢谢臣哥。这四个字每次都会让他浑身战栗，心里老美老美了。

丹妹这样一个直播间里营造的幻想，让他觉得遇到了一个淳朴的姑娘，不贪色也不爱财，只爱你孤身走暗巷和破烂的模样，他恐怕又产生了对婚姻的向往。

臣哥那次管我要过钱之后，很长时间都没有再联系过我。我直觉是发生了点什么事，就主动去问。他支支吾吾了一阵，说他和丹妹见面了。他偷着把家里低保的钱领了出来，跑去了丹妹的城市，和丹妹吃了顿旋转小火锅，喝了杯白的，又喝了两瓶啤的。我问他啥感觉。他说没啥感觉，本人比直播间里差老了。我说你失望了？他摇头，说人家看到我是残疾人，都没瞧不起我。

我说然后呢？他说没啥然后，吃过饭丹妹有事就先走了，但两人加了微信。他在那边住了一宿也回家了。家里人发现这事，把他一顿骂，两个姐姐冲来要把他的手机没收，还要去直播间骂丹妹。他吓得蜷缩在床上，浑身发抖，心跟要裂开似的，紧紧抓住手机不放。两个姐姐看他这样，也心软了，还哭了一阵，说也理解他的心情，但是这玩意用手机看看就行了，别再去见面，太危险了，咱们村里有个男的就是这样被骗走的，等找回来时身上就剩一条裤衩子，都瘦得没人形了。

臣哥也哭了，但更多的是觉得逃过一劫，另外家里人也放宽了话，手机上看看是被允许的，他就每日更加沉迷地守护丹妹，有时下了直播还会微信聊几句、视频喝个酒啥的。这亲密让他心头的幻想越来越重，直到有天失了控。

丹妹的直播间最近来了另一个大哥，打赏十分阔绰，六百八十元的礼物都敢刷，臣哥的三十二十块就退到了次位。丹妹明显和那个大哥互动更频繁了，听说私下里也见了面。

臣哥心里不是滋味，受不了，越想越来气，有种遭到背叛的窝囊和愤怒，之后他喝多了酒，在微信里把丹妹大骂了一顿，甚至上升到了人格的侮辱，说她没了男人啥都不是。

他骂完痛快了，倒头就睡。醒来肯定后悔啊，急忙拿手机看，丹妹已经把他拉黑了。又去直播间，发现也被拉黑了。他捧着手机，又后悔又恍惚，四年的守护就这么轻轻松松地断了，看起来很深的羁绊，原来啥都不是。

我不知道臣哥是怎么熬过这段心理重创的，总之他现在已经修复得差不多了。他注册了一个新号，偶尔还会去丹妹的直播间看看，但是不表明身份也不说话，看看就走，像是看一个老朋友，知道她还在过着旧日子，就安心了。

臣哥的日子也恢复如旧，娱乐城倒闭了，充值卡里还有一百个币子没换出来。他得了高血压，酒也不敢再喝了。母亲的病还在加重，今年下了两回病危通知书，好在都抢救回来了。父亲的糖尿病在维持着治疗，只是夹菜的手越来越抖了。

夏天的时候，他因为一点小事和家里人吵了一架，自己搬回了农村住，房子是新盖的，没有纱窗，晚上开着窗户睡觉，蚊子嗡嗡地咬。他睡不着，就起身出门，在村子里来回晃荡，把路过的狗都吵醒了。他一晃荡就晃荡半宿，晃着晃着，就晃荡回了小时候，他觉得还是那时候好。但具体好在哪儿呢？

是因为从前车马慢，人人都能娶到老婆吗？

可能是，也可能不是。

被铭记的与该遗忘的

最近淘到一本旧书《我与三十七个女杀人犯孩子的故事》，作者叫付广荣，是律师，2000年她参与了一次辽宁省女子监狱举办的帮教活动，由此接触到一系列女杀人犯。通过沟通交谈，她发现女犯人们大多是杀害了自己的丈夫，而这些死去的丈夫都有严重的恶习和家庭暴力。女人们体力上无法反抗，又受限于乡村礼教和自我认知，法律意识也淡薄，最后只好用上刀子斧子和毒药，以为能为自己劈开一条生路。但入狱后，面对近乎半生的漫长刑期，在无数个夜里抓心挠肝地忏悔时才明白，这样做不但是把自己，也是把自己年幼的孩子，送上了另一条绝路。

付广荣在接触到这些"杀夫别子"的女犯人后，猛然意识到了一个更为严峻的问题：这些失去了父母的孩子该怎么办？由于母亲还活着，他们在法律意义上并没有成为完全的孤儿，所以地方政府和福利院并不会去收容。

通过多方走访，付广荣发现，这些孩子多数会被亲戚长辈收养，但面对社会对"杀人犯"子女的偏见，以及父母双方亲戚对孩子母亲"杀人"的仇恨，这种收养会变成不情愿的义务，孩子成了他们本就困苦生活里的累赘。

于是付广荣决定拿出自己的毕生积蓄建一座儿童村，专门收留这些苦难的孩子，让他们过上和正常孩子一样的生活。可这些特殊的孩子，在经历过那么长时间的苦痛后，每个人都养成了奇怪的性格和嗜好，这又是一个令人头疼的问题。

她才发现，解决衣食住行的问题只是初级阶段，更重要的是抚平孩子们内心的创伤、教育他们如何做人。这些需要的就不再是金钱、号召力、一股子的拼劲，而是磅礴的爱意和春风化雨的耐心去浸润那些干涸的心灵。

我有个同学，从幼儿园起我们就是同班，我当时感到奇怪，为何每天放学来接她的都是姥姥姥爷。后来稍微了解才知道，前两年她父母在一次争吵中，父亲失手杀死了母亲，父亲被抓走判了无期徒刑，她和姐姐两人就被姥姥带回了村子里养。

当时我年纪太小，听到这个故事也没觉得有多残忍，也没觉得她多可怜，只是潜移默化地对她的很多行为多了些包容的心态。比如她总是喜欢在课间嚼泡泡糖，到上课时就吐在纸里包好，待到下课时再拿出来嚼。如果是别人，一定会引发同学们的嘲笑，但是对于她，大家的心里猛地就会蹦出没有爸妈的孩子没钱买泡泡糖，所以要省着嚼的念头。

她学习成绩差，放了学不写作业，或是交上来的作业乱七八糟。

老师也不太敢批评，心里头也是在犯嘀咕，没有爸妈看管，姥姥姥爷年纪大找来也没用，说多了又怕引起她自卑的心理。难办，就只好放任自流。

最难熬的，也是最无法通过努力把事实掩盖过去的事情，是每当要写关于父亲母亲的作文时，她交上来的永远都是一篇《我的姥姥》或者《我的姥爷》，有时甚至是《我的舅妈》。在她的文字里，或者说言语里，永远没有父亲母亲。

后来再大一些，班里转来一个外地的学生。他不了解我们这群从小一起长大的孩子对于她的善意和讳莫如深，在有次和她吵架的时候骂她是杀人犯的孩子，还补充说你爸杀了你妈！

她听了这话，像是被吓到了，也像是第一次听到般，愣在了原地，然后猛地蹲在地上哭了起来。

当天下午，她领着上中学的姐姐过来，把那个转校生打了一顿。从那以后，大家更不敢提这个话题了，之前是为了保护她，现在是害怕她。听说她姐姐在中学混社会，整天和不三不四的小混混们去网吧。这一行径，再次证明了没爸妈的孩子更容易学坏是不争的事实。

后来我们上了不同的中学，人生失去了交集，也就此失去了联络。一晃时间就往前推了十多年，再次见面时是某个夏天，同学聚会，她领着个四五岁的孩子来参加，才知道她早就结了婚，是同学里结婚最早的一个。

她如今对于自己父母的事情早就没了忌讳，甚至能分析出因此对自身性格造成的影响。她说可能是受那个事情的影响，虽在姥姥家生活，但也总有寄人篱下的感受，所以从小就渴望有自己的家。十九岁那年她在商场里当售货员，卖鞋，遇到个比自己大十多岁的货车司机，她蹲下身给那人试鞋，那人觉得受到了难得的尊重，要请她吃饭，她没去，人家就送了她几包干脆面，后来还送了一双红袜子。这小小的恩惠就打动了她，她就决定嫁给他。

她说完自己都笑了，说就是没见过世面，没遇到过对自己好的人。她又主动提起她的姐姐，说你看我姐就和我不一样，一群男人围着，又送包又送项链的，我姐从来都不放心上，觉得那是应该的。

再多说几句，就发现她姐姐还在混社会，甚至还跟着大哥去了澳门赌钱，日子过得潇潇洒洒，和她早已是两路人。

当晚其他同学还要继续喝酒，她却早早地走了，说孩子困了。大家挽留她，说好多年不见了。她说真不行，不能因为喝酒委屈了孩子。

她走后大家还在议论她，有说没想到她结婚这么早，有说没想到她过得还挺好。于是有祝福，也有感慨。我在那各种声音里一直在想，她太知道缺失父母关爱的痛楚，所以就会比没经历过的年轻人对孩子要更好一点。

她所有受过的苦，在这时都成了自己孩子的福报。

又过了两年，再次见面，她却和丈夫离了婚，自己一个人领着孩子过。这次我们是在她家喝酒，租来的房子，没有电梯的七楼，阳台上供着保家仙。孩子已经上小学，听话，沉默，一个人看电视。

她这次喝得挺多，说其实和丈夫关系一直不算好，他爱耍钱，还爱找小姐，高速公路上的小姐和出租车似的，按公里收费，他带一个上去，那车就白跑一趟。他爱喝酒，喝多了两人爱吵架，可她心里有阴影，也不敢使劲吵，怕他一急把自己给砍死。

可她也不想这么忍气吞声地过下去，怕死但不怕离，最后好说歹说哄着他离了婚，啥东西都没分到，算是净身出户。本想着给孩子一个好的童年，可最后还是没维持住。早知道当初不那么急就好了，多挑挑没准就能挑个靠谱的。

有人劝她，说你年纪还小，再找一个好的。她无奈，说不敢找，现在人不像以前了，都爱翻老底，觉得你原生家庭不好，性格容易有缺陷。觉得你爸杀过人，你没准也有犯罪基因。还觉得家里有人有前科，会影响孩子的前途。咱们小的时候，我真觉得这事没什么，最大的心理障碍是丢人，怕你们瞧不起我。现在不行了，完全变了，我孩子在学校，根本不敢让任何人知道这事，很容易引起霸凌的。

我明白她在说什么，可又越发感到糊涂。这两年智能手机普及，短视频侵入生活的每个角落，学识和眼界不再是少数人的特权，人们一下子都开了眼。但见识得多了、懂得多了，在某种程度上，却也狭隘得多了。

那场酒局最后，有人问起了她姐，她这回没多说，只含糊一句在新疆什么沟捣腾玉石呢。听起来就是挺漂泊的经历，曲折，猎奇，粗粝，但并不风光。

那场酒之后不久，她就带着孩子搬去了别的城市，开了个服装店。我在微信上看到她把名字改成了冰姐，总是分享一些励志的视频，大多是独立女性的宣言，还有一些酒醉后的情感语录。她似乎活明白了，可有时也难免脆弱，她知道男人靠不住，但有时也需要人陪。

又过了几年，她的父亲减刑出狱了，听人说如今每个月有六千多的工资，搞不清是退休金还是什么补助，总之在当地来说是一笔很高的收入。

她的姐姐在新疆淘了几年玉石，最后只淘到了一身疾病，打了一次胎，也不折腾了，年纪大了些，身边的男人都散了，一个人回到了老家，想找个好人过日子。

她们姐妹俩租了一个大一点的房子，把父亲接过来一起住。分离多年的家庭终于又拼凑了起来。我一直猜不透，对一个杀死妻子的父亲，孩子会是一种什么样的情感？之前肤浅地以为只是仇恨，可从他们的情况来看，似乎爱和情分要比仇恨多得多。

在付广荣的那本书里，也讲到一个孩子的父亲杀死母亲的案例。在那个行凶的父亲被抓走后，留下的两个孩子一直在心里埋怨父亲，说就算妈妈有错，但也不能杀死她啊，哪怕再生气，只是打断一条腿也好啊，这样至少她们还有妈妈，爸爸也不会被判死刑，这个家就还在。

看到这里我有点吃惊，甚而反思，我们是否早已习惯以好坏对错来评判爱恨，而不去具体考虑个人的立体情感？在那些孩子眼里，杀人的父母并没有那么罪不可恕，爸爸妈妈都是人生中最亲的人。

我试着去分析我这同学姐妹的心理。她们早早没了妈，没了母爱，岁月漫长地流过，心中对于家庭和爱的渴望却始终难以填平，于是当这久违的父爱到来时，便要不顾一切地好好珍藏。

但也有人揣测说这都是看在钱的分上，他爸如果没有工资谁搭理啊？这一点我不置可否。

后来在春节的时候，看到她发朋友圈，她带着孩子和姐姐还有父亲，一起回姥姥家过年，一大桌子的菜，一大桌子的人。她配文说，终于过了个团圆年。

我盯着那照片看了很久，每个人的脸上都挂着笑容，杀了女儿的凶手，出狱后仍旧是女婿，似乎曾经的仇恨和伤痛都不存在。

岁月真的可以涤荡一切吗？还是人们刻意地强行忽视，这样心里的伤痛就能被掩盖过去？

一切都不得而知。

2016年6月16日，国务院颁布《关于加强困境儿童保障工作的意见》，其中提出："对于服刑人员、强制隔离戒毒人员的缺少监护人的未成年子女，执行机关应当为其委托亲属、其他成年人或民政部门设立的儿童福利机构、救助保护机构监护提供帮助。"

2019年，民政部、最高法、最高检等十二个部门发文：要进一步聚焦事实无人抚养儿童群体，建立和完善基本生活、医疗康复等相关措施，加强事实无人抚养儿童帮扶救助工作。

付广荣看到这一切，表示儿童村的使命完成了。

但我们应该铭记它。

我试着在网上搜寻当年儿童村那些孩子的现状，但寥寥无几，几乎找不到任何确切的信息。

我想起我同学在喝多酒后说过的一句话：不想一辈子都被看作杀人犯的孩子。

童年的苦难会伴随一生，无法遗忘时就只能去迎面和解。

人间的偏见和窥探也永远不会消失，那把自己藏住就是最好的方式。

人啊人

我和刘晓东好几年没见了。我们是好朋友,以前在一起上班时,整天喝酒。男人就是这样,酒喝多了,感情就出来了。近些年感情虽然没怎么维护,但好在牢固,再见面也不觉得陌生,还是钻进某个小店就喝酒。

这几年他也没显老,男人过了三十岁以后,时间在身上会悬停一段时间,然后再猛然下坠,迈向衰老。挺庆幸,我们都还在这悬停之中,不知恐惧地等待那时间赋予的失重感到来。

我们从中午一直喝到黄昏,他手机响了,是个视频,里面露出他女儿的脸。女儿七岁,刚上小学,问爸爸啥时回来。背后是他妻子的半边脸,说少喝点,别喝多了。刘晓东说放心吧,喝不多。电话就利落地挂了。

我说把你媳妇和孩子叫来呗,一起吃饭她们就能放心了。他说不用,又补充,我媳妇怀孕了,反应挺大,在外面吃会吐。我挺惊喜的,说咋突然要二胎了?他说没啥,就是怀了就要了呗。我哦哦地说挺好挺好,其实心里是有疑惑的。他当年有了女儿之后,我看他那么喜欢孩子的样子,就问他要不要再生一个,他说不要。我问为啥这么坚定?他不说。另一个我们共同的朋友在背后说,还能为啥?婚姻不稳定呗,说不定哪天就离了,你忘了他俩咋在一起的啦?我点了点头,算是明白了。

刘晓东二十七八岁之前谈了好几个女朋友,都是奔着结婚去的,但都没成。其实他长得还不错,在我们那个县城工作也算不错,就是人太闷,不爱说话,可他交到的女朋友脾气都太火爆,两人不对路,没能成为填补对方的凹凸,就酿成了各种悲伤的结局。有的给他戴绿帽子;有的是练摔跤的,一生气就给他来个背摔;还有看他不顺眼的,就带人去酒吧打他一顿。

我们的另一个朋友一看这不行,就给他介绍了现在的老婆。她当时在超市里做收银,长得挺腼腆,说话也轻声细语的。两人一见面挺聊得来,刘晓东话也能多一些,就迅速发展成了恋爱关系。

一恋爱,女生的控制欲就展现了出来,她希望刘晓东对她百依百顺。刘晓东是倔脾气,寻思我对你好是可以的,但百依百顺不可能。两人就因这"百依百顺"笼罩下的小事频繁争吵。女生吵架也是轻声细语的,但爱动手,一急就伸手挠人,把脸挠得血刺呼啦的。刘晓东被挠急了,实在忍不了,还手呼她耳光,两人就经常缠斗在一起。

我忘记了什么原因,那段时间在老家每天都有非聚不可的酒局。常常是前一晚结束后好好地把这两人送走,隔天再来,就是一个脸上全都是血痕、另一个半边脸肿着。大家看着揪心,但也都嘴欠,说这咋整的啊?挠人也不能往脸上挠啊?再怎么也不能动手呼耳光啊!

两人笑笑,可能觉得尴尬,也可能都无所谓了,不接这话茬,然后饭局上喝多了酒,回去就再打架。循环往复,跟莫比乌斯环似的,也不知道图啥。

直到有天,女生半夜失踪了,我们好几个朋友被叫出去帮着找,说是刚在这街上打了一架,一转眼人就不见了。于是我们在静谧下来的县城大街上使劲地呼喊,跟一群狼似的一条街一条街地扫荡,后来把警察都喊出来了,以为我们喝多了在闹事。

警察得知详情后劝我们别找了,这种事见多了,女生肯定是藏起来了,故意不让男朋友找到,不会有事的。我们却又坚持找了几条街,最后竟然在路边的绿化带里把人找到了。

她看藏不住了,就拍拍衣服钻出来,轻声细语地说,我看你们在这走好几个来回了。刘晓东气得不行,说那你不出来?你这不是折腾人玩呢吗?你要是出啥事了咋整?女生看刘晓东是真的急,就哭了,上前搂住他,说我就是要看你着急,要看你关心我!然后两人就在大街上抱头痛哭。

我们其他人一时也不知道该不该离开,就站在原地看得津津有味,也寻思这瞧着像是真爱啊,这么打都不分开,那就痛快结婚吧。

结婚是有条件的,女生提出在县城里买个房,产证上只写她的名字。刘晓东家答应了,他父母生活在农村,勤勤恳恳了半辈子,也攒下了点钱,房子平方别太大就行。

女生又提出，除了房子，还要十万块的过河钱。所谓过河钱，就是这钱只能给她，平时也不用于家庭，在她自个人生遇到过不去的河时才能用。刘晓东父母急着让儿子结婚，觉得这钱就算是彩礼了，刘晓东这些年上班攒了几万块，父母再找亲戚凑一凑，也够了。

女生提出最后一个要求，刘晓东家的土地都要归她所有。这就过分了，刘晓东父母所有的生计就靠着那些土地，把这些都要去，等于是要把他们掐脖饿死，他们自然是一百个不同意。

刘晓东也气急了，说就没有你这样的，你凭啥啊？女生还是轻声细语，说：我这都是有理有据的，我哥当年结婚时，女方就是把我家要空了，我当时就暗暗发誓，将来结婚也要把男方家要空。

这逻辑，简直是没逻辑，虽然没逻辑，但人家就是坚持。刘晓东找我们喝酒，说这些苦和怨。朋友都劝，实在不行就不结了呗，你挨了挠，她挨了耳光，你也不吃亏，咱找下家吧。刘晓东觉得也只能这样了，这段时间的大酒醒了，人也就清醒了，恢复了些理智，两人本身感情就不太多，何况打架打出来的感情都有点斯德哥尔摩综合征，外人看不明白，自己也别扭难受。

他和女生提了分手，女生犹豫了一下也答应了。没有再动手打人，两人还一起吃了一锅过桥米线，出了门，小风一吹，就平平淡淡地分开了。

刘晓东缓了几天，朋友又开始张罗给他介绍对象，他家里也像是报复心理作祟似的，一连安排了好几个人相亲，啥歪瓜裂枣都敢往上整，就是急着让他把婚结了。他看了几个，有一个还算不错，想试着处处,吃个饭喝点酒看看品性啥的。可还没等喝上呢,前女友来电话,说自己怀孕了,刘晓东当下就蒙了。

女生也蒙了,头一次怀孕,不知道该咋办,家里也没个人商量。从这我们才知道,原来她的爸妈已离婚多年,母亲在哈尔滨,父亲在七台河,哥哥在牡丹江,她在佳木斯,一家四口人,分散在黑龙江的四个城市,各自忙活各自的生活,不太能顾得到。

刘晓东和她约在麻辣烫店里见面,商量这事该咋办。堕胎的事想过,但都是一晃而过,觉得作孽。单身母亲这条路,女生也不敢尝试,这年头自己养自己都费劲,多一个孩子等于把人生往死路里逼。那就结婚吧,本来之前也是要结的,如果结婚需要理由的话,这回更充分了。可条件就得另谈了,女生因为怀孕,谈判的砝码反而少了许多,刘晓东翻身成了主人,居高临下,条件同不同意都成了施舍。好在他不是坏人,最后答应房子写两个人的名字,过河钱不给,但是办婚礼收到的份子钱都归她。至于之前谈崩的土地问题,女生一字未提。

刘晓东的婚礼我去参加了,在我们县城一个挺漂亮的酒店里,婚庆赶时髦,把婚礼的风格弄成了那几年热播的《甄嬛传》。刘晓东跪下给岳父岳母敬茶时,一口一个皇额娘皇阿玛,我尴尬得脚趾抠地,去洗手间躲过了这一环节。回来他们已经在拍全家福,女生的父亲母亲和哥哥站在他们身后,都拘谨地展露着笑脸,外人根本看不出这是个散装家庭,也不会知道这里面有个杀人犯。

刘晓东结婚后，我就去了北京，自己的生活也忙碌起来，没啥工夫闲聊天。很快他孩子出生，是个女儿，我问啥感觉，他说说不上来，反正就是干啥活都不懒了，浑身是劲。我问他和老婆现在关系咋样？还打架吗？他吭哧了半天，说我不还手了。我听得明白，也能听出苦楚，就套话式地安慰：过两年就好了，岁数大了就打不动了。

然后日子缓慢地过，我有一两年没回老家，也没太关心刘晓东的情况。有天早晨，他突然给我打电话，慌里慌张地管我借钱。我问出啥事了？他一开始语焉不详，说什么包地用。后来感觉我不信，他敞开说了，他岳父杀了人，但不是现在杀的，是二十多年前杀的，现在被抓了起来，他想能不能花钱找找关系。

我惊讶，也好奇，咋杀的人？他说当年好几个人打架，把人打死了，花了点钱，疏通了关系，算是私了了。

我又问，为啥二十几年前的案子，现在被翻出来了？他说他也不知道，就问我有没有钱借给他。我说有，你是现在要还是啥时要？他说让我等信。

在等待消息的那段时间，我在其他的朋友那里得知了案子被翻出来的缘由，当年被打死的男人的孩子对于私了这事耿耿于怀，这么多年都没有放弃，终于等到这个案子被翻出来重新查。

这倒是一个很励志的故事，站在理想社会的角度，我的情感更愿意投射在苦主孩子这边。可另一边是我的朋友和他口口声声叫过的皇阿玛，我不想他有个糟糕的结局，一时也不知道该如何期盼这事的走向。

可事情终归会有一个结局，一个多月后，我还是等到了消息。刘晓东打来电话，说钱不用了。我就知道了是啥结果，现在毕竟不是当年了，关系不像下水管道那么好疏通，用钱赎罪，小钱不太好使了。于是，他岳父和另外几个人都被判了刑，刑期七到十五年不等。

我问刘晓东，你老婆对这事啥心情啊？他说她过年的时候去算过命，人家说她这几年要遭灾，让她破一下，她一开始还不信，现在终于信了。

我心里想，这怎么还整上迷信了？这不是遭灾，这是东窗事发，是种豆得豆。但细想想，如果人都能把自身经历不如意的事情归结到命运上，也未尝不是一种宽慰，就没再多说。

又过了两年，我从北京搬去上海，又从上海搬去了杭州，工作繁忙，几年间都没回老家过年。和刘晓东只是偶尔在微信上聊个一两句，过年时视频喝过一两次酒，都没太深聊，好像日子都经不起深聊，浮于皮面地就过去了。

然后在某个深夜，我突然又接到了他的电话，我心里咯噔一下。现在人们找一个人，都习惯先在微信上问在吗，这么直接的电话打来，恐怕不是什么好事。

电话那头，他说话舌头发直，一听就是喝多了，背景音里吵吵嚷嚷的，感觉像在烧烤店，不是一个人喝的。我心放下一半，开玩笑说大晚上干啥啊？喝多想我啦？他不接这话茬，就问你是不是我的好朋友？我说是啊。咋啦？他说是的话就帮我个忙。我说啥忙啊？他说你不是写书的吗？认不认识啥媒体，新闻报纸啥的，给我报道报道。我说报道啥啊？你有啥事值得报道？他说我老丈母娘让人杀了，这事够吗？

我蒙了，和上次听说他岳父是杀人犯一样的蒙，条件反射地希望是假的，就说你别扯犊子了。他说真的，丈母娘在哈尔滨的家里让人捅死了，都死半个来月了。我说谁捅死的啊？他说让一个男的给捅死的，警察说属于情杀。我说那人抓住了吗？他说没抓住，所以想让你找找媒体，给报道报道，给警察点压力。

我说你咋知道警察没用心办案呢？警察和你透露查到哪个阶段了吗？他说透露了，说是查到凶手已经跳松花江自杀了，虽然尸体还没捞着，但想就这么结案。

他觉得警察肯定收了对方的好处，才想快速结案的。他旁边有几个一起喝酒的在附和："肯定的，哪有那么巧，没准就是警察放走的。""对，曝光曝光，让警察知道知道咱们也有人。""实在不行，咱们明天就一起去哈尔滨，就在公安局门口静坐。"

他们那头七嘴八舌就聊开了，好像忘记了我还等在电话这头。我听了三五分钟他们的探讨，没人再搭理我，我就把电话挂了。

当晚我几乎没睡。一是这事情冲击力太大，不想去想，可就是绕不过去地要去想；二是我真的开始翻找通讯录，找东北地区从事新闻媒体行业的朋友，还真翻到了几个，询问过去，都早已转了行，于是又有了另一番的小感慨。

隔天一早,我刚迷迷糊糊地睡着,刘晓东的电话又打来了,这回是醒了酒但宿醉的声音。他说不好意思,昨天喝多了,那事你不用管了。我说咋啦?不准备曝光啦?他说曝光啥啊,人家警察证据都挺确凿的,就是我这几个朋友喝多酒了瞎撺掇,没事了,我丈母娘前几天都火化了。我一声叹息,说咋啥事都让你们摊上了呢?他挺无奈的,说谁知道咋回事,可能就是命吧。

我想起前两年他岳父被抓进监狱时他老婆算过的命,当时觉得是一种自我宽慰,而此刻在这个睡意蒙眬的清晨,我竟有些愿意去相信了。

命运是什么呢?是一切事物概率的总和,和打麻将挺像的,一个念头就能错开整个牌局。可麻将桌上只有四人,这世界上的人却千千万万,每一个念头都是杀人的刀法,我们在这刀剑的光影中无处躲避,只能彼此宰割。

酒桌上,话题又回到二胎上,我说你和你老婆现在感情挺稳定?她还爱动手挠你吗?刘晓东讪笑,说挠啥啊,我现在架都不和她吵了。我说人格进化了,还是入定老僧宠辱不惊了?他说吵啥啊,她怪可怜的。去年有个晚上,我没忍住和她吵了起来,她收拾行李离家出走,我也没去追,自己在家喝啤酒。半小时后,她提着行李箱又回来了。我没好气地说你回来干啥?她站在门口哇的一声就哭了,说我没地方可去了,我一个娘家人都没有了!

我听着不对劲,说她咋一个娘家人都没有了?她在牡丹江不是还有个哥吗？就是结婚时女方把家里要空了的那个。

刘晓东脸色沉了下来，说没了，那个哥也没了。我心里瞬间有阴云扫过，没急着问咋没的。刘晓东也缓了缓才再开口，说去年他去过一次上海。我说我在杭州，离得那么近，你咋没去找我呢？他说哪有心情啊，我是去处理她哥后事的。

她哥这几年在牡丹江没赚到啥钱，和老婆也离了婚，还欠下一些债。他有个朋友在上海送外卖，他就去投奔了朋友。到那买了辆电瓶车就开始当外卖员，确实挺赚钱的，一个月能赚一万多。可还没送几个月就出了事，他和朋友合租在一个房子里，朋友的电瓶车推屋里充电，半夜起了火，包括他在内，屋子里的四个人都烧死了。

刘晓东和老婆接到消息后赶去上海，到医院时人还活着，全身百分之九十的烧伤，一口气拖着奄奄一息。医生找两人谈话，表示现在的情况是无力回天，人这么挨着也是遭罪，可以签放弃治疗的同意书。

这字怎么签得下去啊？刚才在病房里，她哥的眼神还能认出人来，还有看到亲人的欣慰。他们夫妻俩抱在一起就哭了，这世上怎么会有这么惨的事啊？咋这么惨的事都让他们摊上了？

两人没签字，两天后人还是走了。他俩办理完后事，捧着一盒骨灰回了老家。领到的赔偿都汇给了她哥的前妻，毕竟还有个孩子要养，那也是一条血脉。

刘晓东讲完这些，我一句话都没再说，心里憋着一股难受，眼泪控制不住地往下掉。刘晓东看我哭，他也跟着哭。在那个东北小县城的午后，我们越哭越伤心，到最后，好像都不知道是为谁在哭了。那眼泪里可能也包含着很多自己的委屈，人到中年憋了太多的惨烈，借着酒劲释放，又满心羞怯，不敢让人看见。

人生总是这样，让人活却不让人哭。

那天黄昏，我和刘晓东离开小饭馆时，酒都醒了。我要赶去下一个局，他却不去了，说晚上要在家看孩子。我说你老婆不是在家吗？他说今天是周末，她要和我妈出去。我没有多问，他也没再多说，在路边拦了辆出租车，就消失在了那夏末的黄昏里。

我想起当年她和刘晓东刚在一起时，那些满是闹剧的日子，没有人看好他俩的爱情和婚姻，但两人磕磕绊绊地走到了如今。爱情到底是什么？它本质是纯粹的吗？还是本就是各种条件的集成？美貌是条件，物质是条件，时机是，同情也是。

直到把彼此活成唯一的依靠，才不打了，不抢了，不闹了，把欲望和脾气都忍住，好好地去过以后的日子。

而其他，都是生命中的杂念。

我与一亿棵大树相逢

前段时间回了趟东北老家，赶上租出去的房子暖气片漏水，把楼下淹了。租客让我来处理，我就去看情况，又是找人换新的暖气片，又是找人给楼下刮大白，忙活了大半天，终于弄完了，也饿得够呛。下楼随便走进一家小店点了碗面吃，就看旁边几个座位上有三两结伴的中年人在喝酒，喝得五马长枪的，感觉照着晚饭就去了。

我抬眼看时间，这才下午两点多啊，也不是节假日，啥工作啊，下午不上班啊？

吃过面我也闲得没事，天气挺好就想随便逛逛。这房子我十多年没住了，周边有些陌生，疏离久远的或是习以为常的事物都容易被我们遗忘。我只大概记得附近有个公园，就顺着记忆摸过去，走错了一条路，但还是走到了。公园挺大的，里面人也挺多的，先是遇到几个做唱歌直播的，唱得都挺难听。又在四方的广场上遇到个五十岁左右的男的，穿着专业滑冰服，脚下蹬着旱冰鞋，在那一圈一圈绕。我寻思这么热爱滑冰，刚入秋就等不及了。接着往前走，又遇到一群人，同样是四五十岁，围在一起欢欢闹闹的，走近看才发现是在踢毽子。

我彻底蒙了，这些人都是怎么回事？没到退休年纪也不上班，下午两点多就开始滑冰踢毽子，啥家庭啊？家里有矿啊？

我抱着这个疑惑继续溜达，被一辆蒸汽小火车拦住了去路，它看起来年代久远，但是刷了新的油漆，就成了一个摆件，一个景点。我跳上那小火车的车头，猛地回过味来，这小火车当年是运送木材的，而我身处的这个公园也被叫作森林公园，再往外扩展，我房子所处的这一大片独立区域有一个小镇的规模，但它并不是镇子，也不隶属于县城，它特立独行于这一片土地上，甚而管辖着更多广袤的山林，它有个很局气的名字，叫林业局。

林业局是二十世纪五六十年代，国家以开发森林资源为目的成立的国有企业。所谓的森林资源开发，大部分只以砍伐树木为主，当时是基础建设和高人口增长时期，国家需要大量木材来满足需求。作为共和国的长子，东北林区为全国输送了体量巨大的木材。

据资料显示，当年东北林区累计为国家生产木材十亿多立方米，黑龙江更是主力中的主力，最高时产量占了全国的35.5%，最出名的是大小兴安岭林区。我家这边的这个林业局属于下面的一个分支。

当时对林业实行大会战，能采多少是多少，木材实行统购统销，由国家制订生产计划，所以工人们倒没赚到多少钱，只是涌现出了一批林业劳动模范。

改革开放以后，计划经济转轨到市场经济，各林业局有木材定价权、销售权，为了多销多得，便更加拼命砍伐。工人们也一样，伐得多赚得多，一时间大批外地的林业工人涌入了东北的森林，加入了大砍伐的队伍。

工人们手里有了钱，日子也就过得滋润，白天进山砍树，晚上热炕上吃炖肉喝大酒。本来娶不上老婆的光棍们也一下子成了婚恋市场上的抢手货，结婚时去沈阳买被面、去北京买皮大衣，穿上新衣明晃晃地在街上逛，每一件衣服上都是一堆倒下的树木。

这样的好日子一直持续到二十世纪九十年代中期。森林稀疏得透出亮来，几十年长高的树木，一分钟便放倒了，时间虽然浩瀚，但也没有给树木重新长起来的机会。树少了，人就显得多了，以前进山亮起锯子就是伐，现在要绕着林子找成材的树木；山也不是随便就能进的了，要抽签，要有指标，谁抽到了签就是抽到了钱，没抽到的就少了进账。没油水的日子，就显得紧巴了。

此时，那些等待进山的林业工人已经不是初代的林业模范们，而是他们的后代接过了那闪亮的油锯子。可他们一接过来，就面临这么个窘迫的情况：大山与森林不再慷慨地馈赠，他们的一腔热情都成了山林里空荡的回响。

随着能开采的林业资源不断地减少，林业工人们的日子越来越难熬。穷则思变，有想法的就辞了职，去南方打工，那里有太多钢筋水泥的丛林在飞速生长，只要肯吃苦有头脑，干个几年回来，就能买貂穿，还能明晃晃地在街上逛。

没有想法的，就仍守着这片森林。成材的树木砍得少了，不成材的倒是有许多，随便扫倒两棵，也够冬天炉膛里的火了。

日子得过且过，有盼头也没盼头。几十年内森林锐减，也收到了自然的反馈，洪水泥石流时有发生，那些山脚下本就破败的房子，一冲就倒一片。可他们除了会挥起油锯子，其他都束手无策。

二十一世纪后，事情似乎有了转机，林业局展开自救，逐渐向煤炭和农业转型，加上政府出面进行林业工人的棚户区改造，把分散在各个林区的工人们统一迁移到现在这座属于中心林场的小镇子上。于是几年间，一排排的安置房拔地而起，一户户的人家搬了进来，大半年里，每天都有乔迁的喜事，鞭炮轰隆，日子似乎又美了起来。

但也没美上几天，旧愁仍在。居住环境是改善了，可大多数人还是没啥事可干，于是这林业小镇里悄悄摸摸地孵化出了一个新的行业。

如果那几年你来过这个地方，在十公里外的县城喝多了酒，想和朋友们去唱会儿歌，出租车司机一般都会推荐你去"狼嚎一条街"。你不明白那是哪里，出租车司机就笑而不答，一路把你带到林业局，停在医院旁的一条街上，那一整条街全都是KTV。那时还叫练歌厅，霓虹灯明晃又肤浅地闪烁着，你随便走进一家，都会有人迎过来说，大哥来唱歌啊？

那里包厢二十块钱一小时，啤酒两块钱一瓶，没钱又爱面子的中年男人最爱往里面钻，花不了多少钱，就能过一个愉快的夜晚，当一把生活的主人。还有一些老的林业工人也爱去那里坐坐，感觉像是回到过去一场青春的旧梦里,那些有过的豪情跟着一首首老歌一晃而过。

这条街红火了一阵,但凡事都有起落,后来几年间那一家家的店就逐渐运营困难。他们或许也抗争过,能保住一时是一时,但最后,终究都无法适应时代的洪潮,铁门一拉,就都隐了身。

等我在那里买下了房子时,"狼嚎一条街"已经几近无闻。我抱着好奇心,想去寻找这段小型历史的佐证,几番兜转,才来到这条街上,却只看到它稀松平常地躺在那里,几家五金店、几家小餐馆,一个小超市、一个彩票站,不再有一点点昔日烟火的气息。

我稍有失望,是窥探失败的落寞,转身离开,却在一个小巷子的平房前看到一块非常老旧的招牌,写着练歌厅几个字。一个不再年轻的女人蹲在地上串着晒干的辣椒和豆角丝,她看我过来,起身拍拍衣服,说小伙一个人来唱歌啊?

我一愣,原来这街并没有消失,而是隐入了尘埃的背面。我摇了摇头,她略显失望,又坐下来串辣椒和豆角丝。我转身离开,又忍不住回头望,她坐在那里等待客人光临,和当年那些等待抽签的林业工人很像,抽中了,就上山,就有钱赚;抽不中,就搜集木材和食物,串在一起,熬过寒冬。

从 2014 年开始,为了保护生态环境,国家逐步停止对森林的商业性砍伐,很多林区举行砍伐最后一棵树或是挂锯停斧等仪式,这也象征着东北林区长达六十多年的伐木历史宣告结束,从而转入保护和发展的新阶段。

最后一批林业工人彻底退出了山林，只有一小批人留了下来成了守林员，一下子从砍树的人变成了看树的人。以前是专挑成材的树砍，现在是把每棵弱小的树扶正，这动作的转变不知道他们能不能迅速适应。

还有一批人成了林区旅游业的服务人员，四五十岁了，笑迎八方客。引路解说，电瓶车开得不能太摇晃；农产品柜台里，也不能只站着，要会推销，要会直播，要会喊家人老铁们有福了。

我家那边的那个林业局把蒸汽小火车改成了旅游专列，三十块钱一张票，从县城出发，终点是十公里外的林业大院。那大院是大型的农家乐，在偏门蔽巷，坐小火车来了这里，不吃顿饭回不去。

这农家乐弄得也挺有特色，把一大片平房改造成二十世纪六七十年代的村落，电线杆上竖起一个大广播，整天循环播放老歌；一间房一个院子就等于一个包厢，走进屋子，也都是那个年代的摆设；服务员也都是林区的工人，穿着纯朴的碎花衣服，包着头巾，给你推销特色土鸡和榛蘑，价格不算贵，但也不便宜。

这很快成为当地人请客聚会的新去处，没经历过那个年代的，抱着好奇心去体验；经历过的，记忆被美化，就满眼的怀旧。还有很多当年在此插队的知青，拉着条幅回来聚会，喝多了酒热泪盈眶，唱起当年的歌，说起当年的事，感慨再也回不到从前。

可这看似热闹的旅游业也提供不了那么多的工作岗位，于是更多的人只能领着最低的工资，试图寻找新的出路。

可出路哪有那么多？经济都陷入困顿，又何止他们这一方山林？有能耐的，当年早就走了，留下的，必然有留下的因由。在这日复一日、似乎在缓慢变好的生活里，他们慢慢就没了斗志，看过一些他人的大起大落，就悲观地以为这是人生真谛。

他们或许试过也折腾过，可天地太辽阔了，折腾不起什么烟尘，大地依旧苍茫，但也匮乏。面对这样的土地，他们无计可施，所以只能下午两点就开始喝酒，开始踢毽子。面对这样的人生，他们也不再反抗，于是只能继续喝酒，继续踢毽子。

之前看过一部讲林业工人的电视剧《父辈的荣耀》，里面的老父亲在面对后辈无树可伐、生活陷入窘迫时很是感慨，说自己这辈子砍了三万多棵树，砍伐太多了，应该是惹怒了神灵，所以才被施以报应。

人在没办法的时候就爱把万物图腾化，可哪有什么神灵啊？大多数的天灾都是人祸，或者也不是人祸，只是自然和社会发展的必然进程。

环保这个议题，总有人说是发达国家对发展中国家的阴谋，可在面对一棵棵倒下的树木和一批批死去的生灵时，我们很难忽视，很难不去动容。

那天从森林公园里出来，已经是傍晚，我又想起了电视剧里那个老父亲的话，他一生砍了三万多棵树。我所在林区的后辈们，就算打个折，每个人也应该会砍伐掉三千多棵。这林区有三万多工人，每棵树都有灵魂,那是不是只要我站在这里,就等于和一亿棵大树相逢了?

两次死别

我在十岁之前，见到过两次触目惊心的死亡。两个人都是女性，都是母亲，都是自杀，还发生在同一年。

第一个自杀的，和我家还有点亲戚关系，是干亲，论辈分，她虽然比我大二十岁，但我只用管她叫姐姐。

她是在一个夏天的午后自杀的。我那时在睡觉，屋子闷热，开着窗户，还是满头的汗。我睡得昏昏沉沉，却听到一阵喧闹从窗前跑过，还伴着鬼哭狼嚎。我被吓醒，爬起来往外看，那群人已经到了卫生所，后面还有一些人快步往那里赶，嘴里叨咕着喝药了，老杨家的大闺女，也有人管她叫老赵家的媳妇，言语里都是咋咋呼呼的兴奋。

夏天的农村，农活都忙完了，只等着秋收，人们日子闲闷，难得有了热闹，就都喜欢凑一凑，也不管是什么热闹。

我妈也往那跑，还不忘叮嘱我：老实在家待着，别去看。这叮嘱就像是钩子，越说越让人想去看，我就悄默默地跟在我妈后面跑到了卫生所。卫生所院子里有棵大树，一群人围在那下面，里三层外三层的。

我个子小，什么都看不到，树也爬不上去，就只能在大人的腿缝间往里挤，三挤两挤，还真让我挤进去了。我便看到，那个我叫姐姐的人躺在地上，大夫在她嘴里插了根管子，管子头上套了个漏斗，一瓢一瓢地往里灌洗衣粉水。姐姐全程眯着眼睛，身体还在抽搐着，家里人使劲按着，但灌进去的水没能换来呕吐，只是不断地从嘴角流出来，全都是泡沫。

大夫灌了半天，看还是没反应，就表示不行了，赶紧往县里送。县里距离我们那有十六公里，开农用拖拉机要半个多小时，姐姐的丈夫借了一辆过来，几个人抬着就放进了车斗，下面垫了张褥子，一路颠簸地往县城里赶。

姐姐结婚五六年，有个四五岁的儿子，管我叫舅舅，管我妈叫奶奶。一群人慌乱，没人管他，我妈就把他领回了家里，暂时帮着照看。

他进了我家，我妈就问他，你妈为啥喝药啊？孩子还小，不太能详细描述，只说和爸爸吵架了。我妈问，为啥吵架啊？孩子摇头，不清楚。我妈又问，那喝的啥药啊？孩子也不清楚，只说看到碗底是绿色的。我妈一口咬定，乐果，肯定是喝的乐果，那农药就是绿色的。

但我隐约记得，乐果那个农药，只是瓶子是绿色的，药其实是白色的。可我也没有反驳我妈，因为死讯很快传来了，拖拉机开到半路，人就咽了气。那个小孩子还坐在我家炕上，我妈给他切了半个西瓜，他小口啃着，不知道人生已经骤变。

第二个自杀的女人,她的孩子按现在的说法算是我的学妹,比我小一届,普普通通,没啥特别的印象。她家离学校很近,在我们上下学的必经之路上。她妈信教,头上总包个围巾,说是挡风,不然头会痛。

在一个秋天,我放学慢悠悠地往家走,看到前面的同学突然都跑了起来,我好奇,就跟着跑,一跑就跑到了这个学妹家门前。仍旧是好多人围着,被围住的人仍旧是鬼哭狼嚎,我这回没挤进去,就被大人推了出去,说别看别看,晚上睡不着觉。

我当时不懂,但也明白发生了可怕的事情,退后再退后,就见到学妹家的门框上有白布绕成个圈在风里晃荡。我当下猜测出了些什么,后来也被证实了。她的母亲和父亲吵架后,上吊自杀了。

我无法想象,学妹回家推开门,母亲挂在门框上的画面会给她造成怎样的冲击,是愣在原地不动,还是转身去找大人,还是本能冲过去抱住母亲的腿,试图再救一救。这些对于一个八九岁的小孩子来说都不容易。我想象那个画面也不容易,甚至因想得过多做起噩梦,白色的布在梦里飘荡,吐着长舌的女人面目狰狞。我半夜吓醒,哭闹,发烧。我妈一边给我灌药一边骂我:该,让你去看,小孩别啥热闹都凑!

村子里同一年死去两个年轻的女人,这在村庄的历史上很久没出现过了,于是这两人的死就成了经久的话题,又因两人都是和丈夫吵架后自杀的,话题最后就落到了尊严上。结论都是她们自尊心太强了,吵就吵呗,有啥好寻死觅活的。

乡村的语境总是这样，女人没自尊心要被说，有自尊心也要被说。

说到后来，关于自尊的探讨结束了，就落到活着的丈夫和孩子身上。不会有丈夫因为这事而被视为凶手，他们和孩子一样，都成了可怜人，也都被盯死了，看他们会隔多久再找一个。

差不多一年后，我那个干姐姐的老公，经人介绍，先领回来了一个短发的女人，年近三十，没结过婚也没生过孩子，不知道是被什么耽搁住了，也不知道为什么愿意来给人当后妈。

这些是村里人的疑惑以及好奇，但不是所有好奇都有解答，或者能往戏剧性的方向延伸。她似乎没有什么底细，就是普通女人，就这么明晃晃地进入了村子，又缓慢地耗尽了人们的注意力。

在我妈的口中，我听到过一些对她的评价，因为我妈去参加了他们二婚的婚礼，挺简单的，没大办。我妈回来之后说，她说话做事挺喊里咔嚓的。意思是雷厉风行。又说她对孩子挺好的，从里到外给换了一身新衣服。还说也不嫌弃孩子，剩饭她都吃。最后的总结是，她没准是好的后妈。

她确实做得很好，对于不是自己亲生的孩子，照顾得面面俱到，那孩子甚至比亲妈在时看起来还要干净。后来她自己又生了个儿子，对前夫的孩子也没有偏颇，甚而时常像亲妈一样，拿着笤帚满大街寻找调皮惹祸的孩子。人们把这当成风景看，看完了，对那孩子的今后也就多了点放心。

我学妹的父亲却没这么幸运，媒人也给他寻觅了几个女人，也见过人上门，可最后都不了了之。据说是听了他媳妇吊死在屋子里，都害怕，都不敢在屋子里多待。这很值得玩味，同样是自杀的女人，但在人们的臆想里，上吊的比喝药的更容易变成厉鬼。

据说后来终于有个女人同意嫁过来，但条件是重新盖个房子，或是换个房子住。面对这两个条件，学妹的父亲都挺为难。原来的房子才盖了没几年，扒了再盖，太浪费，也没那么多钱。而和别人换房子就更不可能了，外来的女人害怕厉鬼，村里人更怕。最后，他的婚事戛然而止。

男人不知是泄了气，还是心生了绝望，隔年正月一过，扛着一卷行李出去打工了，好多年都没有再回来。他就那么消失在了冰河解冻的初春里。

我十几岁的时候，我们家从村子里搬了出去，这些村里的故事以及人们生活的轨迹，在我的生活里就都断开了，全都失去了观测机会。

可生活又是连续的，只要村庄还在，我还会回去，有些事情，跨过世间的沟壑，还是会追上来。

我这些年几次返乡，出于写作的习惯，热衷看时间带来的人物变化，便在主动打听和被动听说中把两个女人的故事拼凑了下去，只不过这回换了主角，她们退居到了遥远的幕后。

我那个学妹的父亲，出去打工几年后，就彻底失去了联系，有人说跑出国了，有人说犯罪被抓了，也有人说死了。就是没有一个确切的消息，唯一确切的是再也没有回来过。

家里只剩下学妹和奶奶依靠着生活，老太太没什么劳动力，为了养活孙女，便在家里摆了张麻将桌，约老年人来打牌，收一收台费。

她的孙女，初中毕业后就出去打工，具体也不知道做些什么，只是每年回来时，发型和发色变了又变，穿过村子中心的街道，回到家里，之后再不露头。祖孙二人把一个又一个被人盯紧的年熬过去。

她的工作和生活始终是一个谜，于是村民们说，一个女孩子家，头发染成那个色，能是啥正经工作。

又过了几年，有人来村子里开厂子，把她家的房子租了过去，外乡的生意人不在乎这里吊没吊死过人，只在乎地段和价钱，于是签了合同，一租就是十几二十年。她带着钱和奶奶，以及简单的行李，坐上了一辆出租车，消失在了村民再一次的议论声中。

几天后，房子被推平了，尘烟四起，没有人会再轻易想起，那里曾经吊死过一个没有名字的女人。

如果学妹的离开还能算作体面——毕竟这一种消失，让人还能有些幻想的空间与神秘色彩，我那个干亲小外甥的离开，就只能用惨烈来形容。

随着他年龄的增长，以及他同父异母弟弟的长大，继母的偏向就慢慢显露了出来，但也没有到恶劣的程度，只是在生活的细枝末节上露出了端倪。小外甥失去了母亲,也听多了后妈黑心的故事,稍微遇上一点,心里就别扭。

这种别扭在青春期被放大,但他性格温和,近于沉闷,没有激烈地表露出来,只是默默地搬到了同村的姥姥家去住。姥姥是老好人,可命不好,先是丈夫因病早早去世,接着女儿喝了药,儿子前几年又惹了祸,把人打伤,花光家底才从看守所捞出来。

面对这个外孙,她一直心疼,可也无奈于经济困难,这几年没给过啥帮助。如今他住到家里来,她也知道他的委屈,就想着尽她所能对他好一点,暖暖孩子的心。

在姥姥家的两年,他确实有了些变化,最明显的是爱笑了,也爱说话了。困苦但有爱的环境,的确要比之前的家利于青少年的成长,他虽学习不好,早早去了技校学开挖掘机,可也没觉得难过,反而想着学好后早点工作,多赚点钱孝敬姥姥。

只可惜,有些事情等不及,或是他注定命里坎坷,没等到他毕业,姥姥就因胃癌去世了。

姥姥去世后,他又回到了家里,继母对他的回来展现了和以往不同的热情,或者说这两年,随着他的离家和长大,继母对他的态度越来越好了,与弟弟相比不再有细枝末节上的区分,而是明显地偏袒于他。

我无法考究他这段时间的内心变化和对于继母外在变化的看法,他只是在行动上和继母以及这个家庭完成了和解,全身心地回归了进来。最直接的表现是工作后,每一笔工资除了留下零花钱,其余都打给了家里，让家里帮他攒着。

之后事情就因着这攒钱起了猫腻。前年，他谈了一个女朋友，谈了两年了，想着结婚。他算一算自己攒的钱，够结婚用了，就回家向父亲和继母提，想把钱拿回来。但得到的结果是，钱没了。怎么没的？不知道，就是没了。这是继母的回答。父亲则仍旧和这些年的表现一样，沉默地抽烟，把自己抽成一个隐形人。

他应该有过自己的猜测。钱被继母给弟弟花了，弟弟上了大学，钱都是从他这里出去的。或者，继母只是把钱先藏起来，然后留着给弟弟结婚用。这两个猜测，哪一个都不会让他好受。

对于这件事，继母竟也没有任何解释或表示过亏欠，甚至连安慰几句的态度也没有。她窝藏了那么多年的歹毒，在这一刻终于败露了，却也不知这歹毒究竟因何而起。天生的还是生活里的细枝末节所致，还是因为那个沉默的男人对她的招惹，这些统统不清楚，但就是这么发生了。

而那个沉默的父亲，因何变得沉默？是从前妻喝药的那天起开始的吗？是因吵架导致前妻自杀，就不敢再对生活开口了吗？于是便把权力都让渡给后来的女人，成了沉默的帮凶。

生活到底是怎么把人一步步赶到角落的，没人能捋得清。

而我那个小外甥，在一个酒醉的夜里，躺在炕上，拿着一把尖刀，狠狠地在自己胸口捅了十几刀。家人发现后，急忙送他去县城的医院，却因失血过多，死在了和他母亲当年同样的道路上。

去年秋天,我听过刘亮程的一次讲座,有一句话我记忆深刻,大意是,其实所有的故事,你的故乡都早已为你准备好了,只要你去发现它,并写下来。

此刻,我的故乡以及故乡的那群人,又为我完成了一篇文章,我心里却没有感谢,只剩苦涩。

青云之下

她为了生这个孩子,差点把命都搭上。

她今年三十五岁,发现怀孕之前,先查出了肾结石,碎石手术后安装了导尿管的支架,再之后怀了孕。这个年纪怀孕,还是头一胎,对于想要孩子的人来说,自然是欣喜若狂,于是一边兴奋一边好生养胎。但心里总有个隐隐担忧:导尿管的支架一般三个月左右就要更换或是拆掉,可怀着孕不能打麻药,也就不能做手术。她两边一权衡,做了不拆不换的决定。

凡是决定,都必将有后果,好的坏的都有。胎儿健康生长,已经得知是个女儿,B超里看着眼睛鼻子的轮廓,泥娃娃一样可爱,这是好的一部分。坏的一部分是,支架迟迟不取出来,有了发炎的迹象,她常常腰痛得直不起来,还伴有血尿和眩晕。按理说,最起码也该吃点消炎的药物,可怀着孕,啥药都不敢吃,就只能硬挺着,到了孕晚期,连地都下不了,就躺在床上一天天地苦苦挨着。

好在苦痛都有尽头,终于肚子的痛感大过了腰部。一朝分娩,母女平安,她在女儿的小脸上贴了贴,那是天使的温度,可以把所有的苦难都化解遗忘。

分娩几天后,她接着要去做支架拆除手术。本来是简单的小手术,却出了问题,支架因为在身体里待得太久,已经发生了粘连,第一次手术没能完全摘除。接下来,发生了术后感染,她高烧到昏迷,医院一个劲地打退烧药,可无济于事,感染的部位不处理,就是治标不治本。

家属逼着做第二次手术,医院却表示因为她正处于高烧的阶段,没法做手术,还是要先退烧。这就成了一个悖论,无法做手术就无法退烧,不退烧就无法做手术。家属们也不知道该怎么办,地方医院的办法也不多,只能寄希望于她自身的免疫力强大起来,或是弱小下去,给手术一个窗口。

这样又拖了几天,她妈妈看不下去了,做了个坚决的选择:转院,去北京。正好,她老公有个亲戚家的姐姐在北京的某医院工作,听了情况,迅速给安排了转院。她老公抱着时而清醒时而昏迷的她上了飞机,九千米的高空,心都是悬着的。

到了北京,迅速安排医生会诊,接着是手术,这里的医术更高明、设备更先进,把那残留的支架全都取了出来,并给出了个让人后怕的结论:来得再晚一点,命可能就保不住了。

一家人差点哭出来,在心放下来的时刻里,也承担着后怕的恐惧,以及对地方医院的怨恨。但好在一切都过去了,她清醒了过来,躺在床上和老家的孩子视频,对着屏幕里的小脸一个劲地笑着,仿佛忘记了这一路的惊险,斜照进病房的阳光都写着圆满。

忘了说了，她是我的堂姐。

我的堂姐比我大几个月，但因为跨了一个年，就比我大了一岁。我俩从小就在一个班，她是那种三好学生的形象。一般这样的人都会给人一种疏离感。她也不例外，极少和我们玩在一块。去她家找她时，她不是在看书就是在写作业，哪怕偶尔看电视，也是一副极其认真的样子，不准我们乱折腾乱说话，唯恐错过一点情节一句台词。

这样对待一切，学习成绩自然也不会差，虽然中学后理科不好，成绩有所下滑，但高考也算考上了不错的大学，在山西，是汉语言文学专业。

从那以后，我俩的交集开始锐减，几乎只存在于过春节的时候。她从外地回来，不是拎着汾酒，就是陈醋。我们一边用她带回来的醋蘸饺子吃，一边夸这醋就是香，而她也不多说话，脸上长了些青春痘，像是没自信要躲着人，总是早早地吃好离开饭桌，一个人回到房间，过一些没人猜透的时光。

或许她也不是躲人，只是喜欢这样独处，也或许她内心深处藏着些什么高傲，不小心便陷入文学的自留地，不爱和我们闲扯太多世俗。

大学毕业后，她留在了山西，在一所中学当语文老师，还谈了个当地的男朋友，男朋友的工作是城管，也不知道两人咋认识的。在那些年城管有一些不太好的名声，何况这还是个城管世家，她男朋友的父亲是城管大队的队长，于是这一家人身上就都带着些草莽之气。

外人揶揄也就算了，他们自己竟觉得这名声是实打实的。人总是这样，有些小权力在手里，就难免会忘记自己的位置。

我堂姐领着男朋友回过一次东北农村的老家，尽管她家在农村的条件还不错，三间敞亮的大瓦房，父母亲朋也对这未来女婿有着殷勤的招待。可她男朋友总是处处透露出高人一等的神气，理着社会摇的发型，天天对着镜子捯饬，也捯饬不出一个体面的容貌。

我和他喝过一顿酒，聊天也聊不到一块去，他最爱讲怎么在大街上把摊位掀翻的故事，那里面好像藏着他一生最大的气魄。我不知我那汉语言文学专业的堂姐，平时是怎么和他沟通的，我只是在喝过那次酒后，得出了两人不会长久的结论。

差不多半年后，两人分了手，是我堂姐主动提出的。她在长久的相处中抹掉了荷尔蒙的迷惑，也终于察觉到了那股来自他全家的傲慢，他家是打心底瞧不起她以及她农村的家庭的。于是她提出了分手，这可把男朋友一家气坏了，他们觉得和她谈恋爱是迁就，是赏赐，就像他们没有没收街边卖烤地瓜的三轮车一样，她应该满心感恩，而不能有所反抗。就算是男朋友的妈妈给她买了个假的皮草，她识破后也不能吭声。

可我堂姐也不是个好欺负的人，骨子里到底还是有一些东北人的血性，就硬是分了手。这样那家人的恶毒就只能继续显露，可能城管队长也算是体制内的一方势力，竟然能撬动学校，于是校方找了个茬,把我堂姐开除了。

我堂姐就这么回到了东北老家,家里人却也不觉得是多大的事情,恋爱谈不成就黄了呗,工作没了就再找呗。或许农村人对待生活的基准线总是很低,所以不会觉得失去一份工作就天崩地裂。又或许,家人们表现出的豁达,更多是为了给我堂姐宽心,让她不至于因此陷入阴郁的境地。

但她再一次把自己关进了房间,除了吃饭上厕所,几乎都不出来,家里人不劝也不敢询问,只觉得她是在疗情伤,或是疗愈那些不公的遭遇。

我那段时间也刚好辞了职,窝在县城的家里写小说。在外人看来的两个无业游民倒是经常能在网上说说话。我把我写的小说发给她看,她除了说很好看,还会给我标出一些错别字和语句用错的地方。

有天她突然发给我一张截图,是县里某个学校招聘老师的启事,她说不知为何电话一直打不通,让我去那学校帮着问问怎么回事。我这才明白,她窝在房间里的这段时间,并不是在疗愈或是颓废,而是在暗暗地寻找工作。

我去那个学校问了一下,得到的结果是招满了,那打不通的电话可能只是为内定挂的幌子。我把这个消息传递给她,她哦了一声,语气略带失望,后来就没了下文。

又过了几个月,我去乡下玩,却发现她已经不在家里了,问了才知道，她去了附近的一个小城市，应聘上了那里的初中老师，是合同制的，没有编制。那可能是她当时最好的选择了，她拖着行李着急忙慌但不动声色地就离开了。

接下来的几年，她过得还挺励志的，先是在学校站稳了脚跟，两年后又考取了编制，接着晋升成了校里的小领导。那几年校外补课还很宽松，她靠着这个迅速积累了财富，在学校附近买了房，冬天也穿上了真的皮草，人生算是取得了阶段性的成功。

可成功都是用岁月换来的。青春不值钱，几年一晃就没了，她也快到了三十岁。三十岁、女人、独身，这三个普通的词汇组在一起，在小地方就成了焦点，也成了她成功人生的瑕疵。外人不便多话，顶多是背后议论，家里人亲戚们就比较不见外，逢年过节聚会啥的就总问一问，其实也是真关心。

每年春节，我们都会去她乡下的家里热闹几天，她也回去，一般待到初六再走。一大家子人吃饭，她也参加，但不喝酒，迅速吃完就下桌，回到自己的房间，也不太与人聊天，仿佛在躲避着什么。

但她又躲避不掉，亲戚们会追着问："找没找对象啊？这个岁数该找了。""咱这条件啥样的找不着啊？""别太挑了。""那学校里的男老师不有的是吗？"

她听了这些话都不作答，有时笑笑，有时笑也懒得笑，干脆绷着脸，后来被问烦了，还会回呛几句。渐渐地，就没人再敢当面问她这件事情了，她父母也不敢。

其实对象，也不是她不想找，而是真的不好找。几年后，我在《人物》的一篇关于小城市事业单位里女性婚恋的报道中，似乎了解到了一些我堂姐当年的困境。

那篇报道里讲，小地方的女性择偶一般都是向上寻找，但事业单位里的男性，处于上位的，都早早结了婚；就算没结婚的，也会去寻找更年轻的女性。向上寻找不得，女青年们会把目光投向新来的年轻男青年。但小地方，能进入事业单位的男青年，肯定算是优秀的年轻人了，他们的选择空间就都很大，也更势利，他们更愿意选择那些对自己事业晋升有帮助的女孩，就会和局长的女儿、副校长的孙女这样的人结合。

像我堂姐这样没有年龄优势也没有家庭背景的女青年们，她们组成了特别的婚恋景致，一边等待单位里出现新的未婚青年，一边和别的单位互惠互助、交换些人脉。最最下策的，也是最不甘的，是去和"社会上"被剩下的青年相亲，那些人工作和家境大多不如自己，但也有人咬咬牙就嫁了，可大多数还在等待着、寻觅着，我堂姐就是其中之一。

那几年我见到她，虽然她脸上也挂着笑容，但我总觉得这人有点假，有点端着，没有啥亲近的感觉。

有老人过生日，大家嘻嘻哈哈笑成一团，随便送着祝福，到了她，又端起架子，讲："祝您事事顺心，生活舒心，儿女放心……"一连串的套话，初听顺耳，听多了就容易走神，这话进不了人心。

我注意到，在饭桌上，只要聊起结婚生孩子的话题，她脸色就不太好，只低着头吃东西，一句话也不插嘴，甚至在某些瞬间还会流露出一些不被轻易察觉的落寞。

结婚这件事，似乎已经在她心里打了一个结、成了一道坎，她虽厌恶别人提起，但又摆脱不了自身对婚姻的渴望，虽然实现了相对的财务自由，但也没能生出独立女性的思维、认定一个人过一生也能圆满。或许在前几年的东北小城里，这太前卫了，她自己都接受不了。

于是她只好摆出一副疏离的架势，练就一套不必走心的话术，加上一身昂贵的皮草，这些都是她保护自我的装备，让她不必露出柔软。

或许没有柔软，就没有难受。

之后几年，我因为工作繁忙，和她见面的机会少之又少，很多情况都是听家人说起。她先是交了个男朋友，是风力发电厂的职工，听说待遇挺好的。他和堂姐家里人见了一面，家里人的反馈都是这人特别傲，对谁都爱理不理的。

可能乡下人生来自卑，与之相处就要双倍地放低姿态，才能赢得随和的名声。也可能那人和之前的城管一样，是骨子里瞧不起啃土地的人。总之，见过一面后就没了下文，算是不了了之。

又过了一两年，再传来消息，堂姐和一个离异的男人处上了，男人条件挺好，但是年纪比较大，还带着个十来岁的儿子。堂姐这回看来是下了决心解决自己的婚姻问题，家人也都不敢说反对的话，就寻思她自个的人生自个做主吧,本来也应该是这样。

老男人却出难题,要求堂姐和他结婚后,不可以生孩子,两人的东西以后都留给他儿子。堂姐自然是不干的,自己奋斗了一辈子,东西全归了个没血缘的人,他有良心还好,万一是个孽畜,自己图啥?于是她又狠了狠心,和这个离异的男人再不见面了。

之后关于堂姐的消息沉静了两年,我以为她对婚姻彻底死心时,却接到了她的婚礼请帖。我像爱听八卦的人迫不及待地去打听,才知道新郎是学校新来的英语老师,但资历挺老,年纪却只比我堂姐大两岁。在我堂姐苦等了那么久之后,这人和她几乎是无可挑剔的般配。

后来听家里人讲,这男的之所以拖到这个岁数还没结婚,是因为家庭条件不好,家里有个瘫痪的父亲,七十多岁,瘫了十来年了。他之前也处过几个对象,可女方去家里一看,就撇撇嘴走了。他这些年一直在镇子上当老师,去年谋到个机会,才转到了这市里的学校。

说到最后,话题就落到了缘分这两个字上,又说多巧啊,这男人的机会不是前两年也不是后两年,就是这两年。话里话外说出来,又有了别的意思,这机会说的是男人,但实际说的是堂姐,不前不后地,终于提心吊胆地抓住了。

所有关心她的人,以及她自己,都松了口气。

堂姐婚后生了一个女儿,由于肾结石,也由于医院的水平低,差点要了命，去了北京两次才终于痊愈。之后休完产假，她母亲过去帮忙照顾孩子，她便回到学校工作。她母亲时常发孩子的视频到家庭群里，孩子可爱，听话，一切都如人意。

我以为这就是堂姐阶段人生的结局了。经历过一些波折，但也终得圆满，这是大部分人难得的写照。

可最近听说，她又在备孕了，她还想生一个。这让我很惊讶，现在年轻人都不喜欢生孩子，能生一个的都是下了巨大的决心，她却坚持再要。先不说大龄产妇的问题，上一个孩子差点要了命的事，难道没在她心里落下阴影吗？

我实在忍不住好奇，就发信息问她为何。她回答得很简单，她想要个儿子，她喜欢儿子。

这回答让我震惊，重男轻女的思想怎么会根植在她的心里？难道女性厌恶女性的说法在她身上得以彰显了？

我琢磨了半天，也不知道该回什么话，她的另一条信息又发了过来，她说，做女人太难了。

这话同样让我不知道该怎么回。这么多年来，我一直作为她人生的旁观者看着她一步步走到如今，看似详尽了解，实则也只是浮光掠影、点点面面。

她肯定经历过许多的痛苦，也感受过比男性更多的恶意和艰难。我不是女性，我没法全然感同身受。

或许人初降生，都想飞翔。但最后轻功没练成，也没人送她上青云，就只好拖着沉重的肉身，找一片人人认可的屋檐低头避雨。

也或许多年难熬，在她心里早已打下一个巨大的绳结，拉扯不开，也割烧不断，只有靠着生一个儿子才能解开。

这是她开给自己的解药。

人生不易，我只能真心地祝福她。

猫啊狗啊和一群羊

记不清六岁还是七岁的时候,我有了第一个宠物,是一条小黄狗。

它是我从邻居家新生的一窝狗崽子里挑出来的,邻居的大婶盯着这窝小狗咒骂母狗,说它生生生,就知道生,翘着屁股满村子发骚,生出这么堆野种来。

母亲和她闲唠嗑,说狗这玩意就这样,一窝接一窝地生,但也没有兔子能生,我妹妹家养了两只兔子,两年生了一外屋地,做饭都往锅台上跳。

我蹲下身盯着这窝小狗看,小狗都挤挤擦擦地抢着吃奶,一只浓眉大眼的挤不过,跑到我脚边咬我的鞋帮。我托起来,软软的,觉得挺好玩,就要带回家。我妈反对,说带回家咋喂?大婶说拿走拿走,喂点奶粉就能活。

我家没奶粉,就去一个亲戚家要了点羊奶,倒进小碗,小狗舔一口停一停,不太是味,有点膻,但也接着舔。它就这么活了下来。

我给它取名叫小黄,它天天跟在我屁股后面跑,还咬我的鞋帮和裤腿脚。咬着咬着，一年就过去了，它长成了一条大狗，浓眉大眼的，我领出去觉得特别威风。只是我个子小，每次出门都被它拽得跟头把式，卡破好几条裤子。我妈一边给我缝裤子一边抱怨，说那狗是牵着玩的吗？就老老实实拴在院子里，还能看个家啥的。可我不愿意，还是时不时就把绳子松开，让它出去玩。然后有一天，它瘸着腿回了家，右后腿好像被车轧到了，没出血，但扁扁的，骨头都碎了的样子。

乡下人没有救治狗的习惯，被车轧了或是吃了老鼠药的，大家就那么围观着，看着狗呕吐或嗷嗷直叫，顶多说两句闲话，就连主人对其也没有太深的感情，只是等着它自愈或是死去。曾经见过最大的善意，是一只吃了老鼠药的狗，吐了很多的沫子，躺在地上倒气，奄奄一息，却一时半会也死不了。主人不想让这狗继续遭罪，要给它个痛快，便拎起它的后腿狠狠地摔在地上。狗虚弱地惨叫一声，彻底没了呼吸。

我的小黄并没有死，它瘸着腿又活了一段时间，只是拖着腿走路太艰难，精神头始终恹恹的。有天我放学回家，发现它不见了，到处找都找不到，问谁也都说没见到。后来母亲说，有村里人看到那狗往后山跑了。母亲帮我分析，说那狗应该是知道自己活不长了，所以离开家，找个地方等死了。

我听好多人讲过这种事，狗是不肯死在家里的，很多临死的狗突然飞奔出家门，再找到时，已经僵硬在了某个沟渠里。

我还是想去找找，于是一连几天去后山转，可是后山那么大，我那么小，怎么会找得到呢？

我就这么失去了我的第一个宠物。

差不多两年后，我有了第二个宠物，是一只小黑猫，不知从哪里跑来的，连续三四天，夜里都在我家的窗户外面叫。我把它弄进了屋子，喂了它点吃的，它就又跑走了。

从那之后，它每晚都来。我白天惦记这事，用零花钱买火腿肠，藏在书包里，等它夜里来了，就喂给它吃。它吃了我十几根火腿肠后便不走了，住进了我家。养猫比养狗轻松，不用拴住，也不用遛，它们白天自然生长，你也不知道它会跑去哪里、做些什么。到了晚上，门前喵喵一叫，你一开门，它嗖的一下钻进来，找猫食碗吃饭喝水。它这时才完全归属于你。

这只小黑猫很会撒娇，我写作业时，它陪着我，在我手边蹭啊蹭的，弄得我写的每个字都像是猫扒愣的。到了夜里，它还会钻进被窝和我睡，前半夜老老实实躺在被窝里，后半夜可能因为氧气不足了，才会探出个头来，可也不走，露个头在外面打细小的呼噜。但天亮后，一听到我妈在厨房做饭的声音，它就会噌的一声蹿出被窝，溜出屋子，开启它不为人知的一天。

后来有天，天刚擦黑，小猫也刚回来，正在吃我给它买的火腿肠。村里有个小姑娘被她妈拽着来到我家，问我妈看没看到一只小黑猫？说有人瞅见跑我家里了。

我这才知道，这只小猫是渣猫，白天在小女孩家，晚上在我家，两头讨便宜。小女孩盯着我喂它火腿肠吃，冲我吼，说你怎么能喂它火腿肠？它不能吃咸的！

她要把猫抓回去，我自知理亏，心里难受却也不敢阻拦。于是她们母女俩就开始抓猫，可小猫不听话，上蹿下跳的，抓不住，我妈就帮着抓，三个人在屋子里抓了好久都没抓住，累得气喘吁吁，也累出了气愤。

小女孩她妈说，死猫！不抓了！妈再给你抱一只。

我妈却说，不行，抓走，我最烦猫啊狗啊的！

最终，那只猫没被抓走，归了我家，小女孩抹着眼泪走了。我经过这虚惊一场，更珍惜这小猫，每天喂更多的火腿肠。

后来又听别人的主意，把它关在屋里几天，就不会往那家跑了。这招果然有用，它从此真的老老实实成了我一个人的宠物。

可好景不长，那年腊月的时候，我出去玩回到家里，看到母亲在粉刷墙壁，快过年了，要有点新气象。我在屋子里找了一圈都没看到小猫，就问我妈。我妈看都不看我，说掉井里了。然后没有废话地继续刷墙。

我跑到院子里，看着那口废弃多年的老井，之前一直有石板盖在上面，冬天我妈腌酸菜，缺块石头才把它搬走，没想到小猫就掉了进去。

我趴在井口往里看，黑黢黢的，什么都看不着，拿手电筒照，也照不见东西。我哭着问我妈，怎么掉进去的？她说没留神，好像前一秒还在那又蹦又跳的，下一秒就没影了。我埋怨她，你怎么不看着点？她不懂我的伤心，说滚一边哭去，别烦我。

我哭了好多天，特别是夜里，一想起它钻在被窝里的样子，就忍不住流眼泪，把头埋在被窝里小声抽泣。但也幻想着，那井水冬天都结冰了，淹不死，或许还有个地道，它在里面顺着跑啊跑的，没准哪一天就能跑出来。我想着井水应该是连着河道的，就三天两头地往河边跑，看有没有小猫露出头。这个想法一直持续到春天，我闻到井口冒出腐烂的臭味时，才彻底死了心。

那臭味在院子里弥漫了好几天，再之后，冬天的酸菜吃光了，我妈把石板洗刷了一番，又盖回井上，那臭味也被盖住了。

对于小黑猫的死，我愧疚了好长一段时间，除了对于它本身，还有一部分是对于它原本的主人，那个同村的小女孩。有天我实在承受不住这愧疚，就跑去找她，把小黑猫死了的事和她讲了。她却没有表现出我预想的愤怒或是悲伤，而是神神秘秘地问我，你知道猫肉是什么味道吗？

见我摇头，她摆出一副嫌弃我没见过世面的样子说，是酸味的。我问她咋知道。她说，吃过。我吓了一跳，她才把事情讲圆。她在我家没要回去那只小黑猫后，她妈倒是说话算话，又从别的地方给她抱来一只花猫。那花猫长得肥实，圆滚滚的，不爱溜达，就爱趴在炕头睡觉。她爸是酒鬼，物以类聚，有一群酒鬼朋友，隔三岔五就要聚在一起整一顿。前段时间，他们又要喝酒，可苦春头子，没钱也没啥下酒菜，几个人就盯上这只猫了。

她那天放学回家，一群酒鬼正在吃着喝着，她看桌上有肉菜，就夹了一口,嚼了嚼,觉得味不对,就吐了出来。其他人就笑,逗她,你知道这是啥肉吗?她摇头,她妈把她往桌下拉,骂骂咧咧的,说一群瘪犊子,喝喝喝,就知道喝,你们怎么不去坟圈子?看有新死的,扒点人肉回来炖!

她这才明白,她吃了猫肉。

小女孩讲这些时,还有点炫耀的成分。我不明白她走过了什么样的心路历程,才从哭着要回小黑猫的柔软女孩变成了这么冰冷的性情。我只是明白了她为什么对于小黑猫的死不伤心,那不是见异思迁,也不是时间导致情感浓度的流失,而是见过了更惨烈的事情后,这意外之死都成了平常,不值一提。

我倒是因此做了好几天的噩梦,那时看《封神演义》,姬昌吃了伯邑考的肉做的肉饼,吐出来后变成了兔子,这就是兔子名字的由来。我梦里却一直在做小女孩吐出猫的噩梦,一只两只三只,哇哇哇地往外吐,吐出来的却都是黏黏糊糊的死胎,臭味熏天。

这导致我长大后,对于那些能吐出钱币的蟾蜍类吉祥物都感到恐慌。看到《西游记》里孙悟空化作的唐僧往外吐各种心脏的情节,也觉得恶心和恐惧,那是我除了三打白骨精,最想把唐僧一脚踹飞的时刻。

而长大后的另一件事,便是对过去认定的事实产生猜疑。这些年我一遍遍地回忆小黑猫掉井里的那天,我妈的神情是那么的不自然。她脾气不好,那段时间我爸又出去赌博,消失了快一个月,年根底下也没消息。她自己粉刷墙壁,想给新年一点新气象,但内心里肯定是懊丧和愤怒的。所以我想,会不会是她在粉刷的时候,小黑猫捣乱,或是打翻了她的粉刷桶之类的,她一气之下,把它抓起来扔进了井里?

我越想越觉得应该是这么个情况,加上她当时一直在说,最烦猫啊狗啊的,所以我越发地笃定。可我一直没有正式地问过她,我怕她告诉我,或是在那口头否定但一闪而过的神情里露出真相。

小黑猫死之后,我再也没养过宠物。又过了几年,我爷爷赶回一百多只羊来,他这辈子太能折腾,赚到过很多钱,也花掉了很多钱,老了倒欠了一些债,他想靠着这批羊给老年生活收个尾。

他每日都要赶着这批羊出门去,漫山遍野地放牧,奶奶则在家里照顾临盆的母羊和刚出生的小羊。我和叔叔家的弟弟那时也懂事了很多,没事总跑去帮忙。我们也才发现,养羊这事活太多了,闷头一干,一天就过去了。

放羊这件事,我俩也跟着去过几次,其实还算悠闲,羊老实,胆小,没主意,人只要跟着溜溜达达地走就行。羊吃饱了睡午觉,人也能倚在树底下眯一觉。唯有冬天比较难熬,大雪一下,白茫茫一片,羊也白,藏进雪里就丢了痕迹。

有年冬天,羊真的丢了。爷爷把羊赶回家后,发现少了只怀孕的母羊,我和弟弟就跑去山上找,可是一望无际的白色里,根本难以辨别羊的身影,人只能如地雷探测器般一寸寸地去探、一步步地去寻。

我俩一开始还觉得挺有趣，找东西这种事情，小孩子最喜欢了。可后来下起了雪刮起了风，穿得再厚都能感到冷了，羊的脚印都被风雪覆盖住，我俩渐渐也失去了耐心。

可还是得找，在雪地里深一脚浅一脚地找，也试着呼喊，期待羊能听见有个回应。但最终那些声音也都被旷野里的大风带走了，我俩只能听见风的呼啸，吞咽着风带进嘴里的雪沫子，越来越急迫的时候，心里对这苍茫的大地和那只愚蠢的羊满是怨恨。

最绝望的时候，我甚至还想着，会不会就此像草原英雄小姐妹一样，冻得丢失双腿？但奇怪的是，哪怕有这样恐惧的念头，我也不曾想过放弃。或许是心里明白这头羊的价值对于这个家庭来说不是小数目，也或许只是不想看到爷爷奶奶失望的神情。

总之，那时年幼的我们都有着超越年龄的懂事，以及对待事物的某种坚持。而我们得到的最好的回馈是，那头羊，竟然被我们找到了。

它躲在一条很小的沟渠里，蜷缩着身子，眯着眼睛，在避着风雪，嘴里还嚼着几根枯草，竟露出点怡然自得的神情。这可把我俩气坏了，每人照着它的屁股踹了一脚，它腾地站起来，往山下跑去，一路娴熟地回了家。

它是认识路的，它就是故意气人不回家。我们因这被它折腾的愤怒，狠狠地记住了它。

而它似乎也记住了我们，在它生过小羊之后，每日便留在了家里喂奶，吃草料。它生产过后，身体好像有了点炎症，于是要给它打针。奶奶养了几年羊后,这种事情已经能自己操作了,她拿起针管熟练地操作配药,我和弟弟帮着把这只母羊控制住,奶奶快准狠地把针头插进它的脖子,它却在药马上就推完的一刻猛地挣扎,用它的头狠狠地撞了我的嘴一下。它的头太硬了,我的嘴巴一下子鲜血直流,并迅速肿了起来,一连好多天都是香肠嘴。

接连两件事,我爷爷奶奶对这只母羊也有意见了。那时正好到了年底,他们想杀头羊过年吃,这只母羊由于发生过恶劣事件,以及已经生过几胎,生育能力大不如前,于是被选为"年货"。

这下可把我和弟弟开心坏了。在杀它那天,看着它被捆起来,爷爷在一盆热水里磨刀子,我俩在一旁,不知从哪里学来的把戏,用树枝弄了个花圈套在羊头上,装模作样地唱起了安魂曲。接着看到爷爷下手很快,一刀子捅进了它脖子,血流进了盆里,它甚至都没有反抗,呆呆地躺在那里,直到血流了半盆,才挣扎了几下,想要站起来,却早已失去了机会。

当天晚上,我们喝羊肉汤,吃手把肉,蒜蓉辣酱和韭菜花搭配在一起,让每一口肉都没了膻味。爷爷奶奶让我多吃点,狠狠地咬,嘴受伤的亏不能白吃。一桌子人在欢笑里把对那羊的怨气都吞掉了。

当晚我们睡在爷爷奶奶家,凌晨起夜,和弟弟结伴去厕所,听到小羊在咩咩叫,两人就拿了手电筒去羊圈。看到一只小羊一直在拱羊圈的石头墙,好像要往上爬。我把手电的光顺着照上去,看到那只母羊的羊皮搭在墙头。爷爷肯定是为了晒干才这么做的。

可小羊不懂死亡,它只是闻到了母亲的味道,想着母亲怎么跳到墙上去了,为什么还不下来依偎着它睡觉。

我和弟弟对看了一眼,一肚子的羊肉都没了香气。我俩把那只小羊抱进屋子,放在厨房的柴火堆里,再哆哆嗦嗦跑回了被窝。当晚小羊的每一次叫声都好像鞭子抽在我俩心上,可我俩也做不了别的,只能翻个身继续睡。

我爷爷奶奶养了七八年的羊,有一条牧羊犬也跟了七八年。那狗全身黑色,领回家时已经是成年狗的体型了,但看起来憨憨的样子,就给它取了个名,叫大憨。

大憨牧羊很严谨,它心中有个自己的范围,只要有羊超出那个圈圈,它就会往回赶,有时圈得太紧,一百多只羊挤在一起,都没法低头啃草了。但羊也有不听话时,嫌它烦,拿角顶它,它就和羊打起来,最激烈的一次,把一只公羊的肠子咬了出来,没办法,只能吃羊肉了。因这事,我爷爷拿鞭子狠狠抽了它一顿。

但大憨到底是憨,挨完打也不记仇,中午羊在树荫下休息,我爷爷在树底下午睡,它还是会挤过来,非得挨在一起睡。一个老人一条狗一群羊,就在那故乡的山坡上,在冬季的风霜和夏季的云朵底下,过了一年又一年。

我爷爷去世后,奶奶卖掉了所有的羊,搬去了叔叔家住,大憨也跟去了。奶奶说,大憨通人性,以前最顾家,听到脚步就得叫两声。可爷爷去世时,满院子的人,它都没叫。临了出殡时,它还哭了几声。她又说,虽然现在不放羊了,但大憨不能杀,就让它老死吧。

她这话是说给叔叔听的。叔叔一生过得精明，鸟尽弓藏，兔死狗烹，从不养无用的东西。

叔叔答应着，把大憨拴在了玉米楼子底下，每天喂点剩菜剩饭，它倒也算活得安逸。冬天的时候，奶奶被接去了城里的姑姑家过年。我那时已经工作，有天从外地回来，去看望奶奶，一走进叔叔家的院子就觉得奇怪，为什么没有大憨的叫声？我看一眼那玉米楼子底下，没有大憨的身影，再往屋前走几步，就觉得不对劲了。我透过窗户看到屋里有一群人，都是叔叔村里的朋友们，寒冬漫长，他们没了活计，天天聚在一起打牌喝酒。

我看着屋门的缝隙里呼呼地往外冒着白气，是炖东西时才会有的阵仗，然后一股茴香的味道冲进鼻子，那是北方人吃狗肉时为了掩盖腥气必备的调料。

我在门前定住，没有进去打扰这欢宴，只是回头看，大憨的饭碗还在玉米楼子底下，里面的食物已经结成了冰坨子。

想让农人对动物产生纤细的情感，这要求太高了。他们或许早就被粗粝的生活磨得更为粗糙，生活困苦，再没心力去在乎一只动物的生死。

人们习惯在故事中寻找善良和诗意，寻找万物共生的平等，但生活中大多只有粗鄙和残忍，以及人在面对动物时最容易露出的动物本性。

我听过很多故事，其中有一个讲主人要杀犁耕多年的老黄牛，因老黄牛下跪流泪而心软地收回了屠刀。

但现实中从没见过。我只记得小学的时候，中午放学，看到路边围着一群人，我凑过去看，原来是在杀牛。主人请了个屠夫来，屠夫捆好了牛，磨亮了刀子，却见那老牛的大眼睛里落下了泪水。屠夫心软，和主人商量，要不别杀了，卖了吧。主人不言语，折身回屋，拎了把大铁锤出来，照着那老牛头上狠狠地锤了几下，老牛倒在了地上。

主人对屠夫说，现在能动手了吧？

我不是算命先生

回老家参加亲戚家孩子的婚礼，一落座便觉恍惚，离家多年，长辈们都更加迅速地老去，大家族曾经年少的弟弟妹妹们却都已然长大，和记忆中稚嫩的面容对不上，有几个就算大街上迎面走过，也都认不出了。

婚礼进行得寻常，大家哭哭笑笑一阵，闹哄哄地散去，酒醉的仍旧在恋桌，清醒的人各自回归来处。我也起身准备走，一个弟弟拉住我，说去他那里坐一坐。这个弟弟比我小两岁，和其他亲戚相比，我俩算是联系比较多的，但若纵向对比，又都三五年说不上几句话。天南地北的，好像因为遥远，通信都变得困难。

我上了他的车子，是辆说不上牌子的电动车，空间挺狭小的，车子里有一堆孩子的玩具。他有两个孩子，女儿上一年级，儿子才三岁。我琢磨着，一会去了他家，是不是该给孩子包个红包？可兜里没现金，路上应该找个借口下车取点钱。

小城市不大，在我琢磨的这些工夫里，车子就停在了一个小区门前。我看来不及了，没办法去银行，就看准一个超市，下车就要往里钻去换现金。他却喊住我,说这边。我顺着他胳膊一晃的方向看过去,那里并不是小区的入口,而是一排门市房。他快走两步,就到了一个店铺门前,掏钥匙开门。

那店铺没有招牌,只在玻璃上贴了四个大红字:取名,算命。

我跟着进去,他张罗着烧水泡茶,让我随便坐。我没坐,在屋子里四下看看。店面不大,几十平方米,装修比较简陋,一张木桌子,几把木椅子,墙上挂着各种中国风的书法和挂饰,一个小书架上摆着一些名字古典的书籍,我随便抽出一本,是多年前流行的地摊文学,和人鬼精怪有关。

我问他,这是你的店?他摆弄烧水壶,电线有点接触不良,就只能一只手按着插头。他说是啊,开一年多了。我纳闷,那你是自己给人取名算命?他说,是啊,这玩意上哪儿雇人去?我不光取名算命,还能破灾、看姻缘、给小孩收惊。我越听越惊讶,说你啥时学的这些东西啊?他说早就学了,你忘了?前些年你在北京时,我去你那玩,那时就拜师父了。

我想起来了,好像是六七年前,他和他老婆突然来北京玩。我去地铁站接他们,又带着去饭店吃了饭,在吃饭的过程中,他讲是去山东看个项目,想自己做点啥,看完顺道来北京玩两天。

夜里,他们两口子就睡在我家。我那时独居,只有一间卧室,便让给他们,自己睡沙发。他老婆睡下后,他就来客厅和我聊天。说起山东的项目,是小成本创业,自己在家做洗衣粉,然后套个包装往外推销,人家叫碧浪,你就叫碧朗,人家叫立白,你就叫立百。

这东西不能进大超市，只能进小商店和个人手里，但利润还挺可观的。

我说那你准备做吗？他说不做，厂家不靠谱，加盟费太贵。他接着又说，我现在正在研究另外一个赚钱的门道。我问啥门道，他说《周易》。我从书架里翻出本《周易》，说我最近正在看，可也看不明白，就记住个乾、坤、巽、兑、艮、震、离、坎。他说这玩意不能自己研究，得拜师，他上个月刚交了三千块，拜了一个，现在简单的卦象都能看了。

我说你要干算命啊？他说你先考考我，你报出一个年月，我掐指一算，就知道那年是什么年。我随便说了一个，他说虎年。我用手机查了查，还真对上了。我说真厉害！他说这都是有方法的，也是最基本的，如果有人找你算命，你还得翻手机，那就不专业了。

我头一次听到这个说法，但也确实是这么回事。我又问你怎么寻思干上这个了？他说赚钱呗，就我那师父，一个冬天能赚几十万，人一到年头岁尾就爱算命。

我说那你不上班了吗？他眼皮子一耷拉，说我那工作早就不行了。我说你那可是矿务局啊，国企，多稳定啊。他说你以为是监护病房啊？光生命体征稳定就行？他说完又觉得奇怪，我没和你说过吗？我早就从那离开了。

这我还真不知道。

我这个弟弟，当年没考上高中，就去了一家五年一贯制的职校学习车床。在校期间，学习成绩还挺优异的，也被推荐去参加过几次全国性的技术大赛，可惜比赛运不佳，都没能获得好的名次。

但恋爱运倒是不错，在入校第三年就和班里一个漂亮的女生谈起了恋爱。不知道是什么原因，大家对高中生的恋爱普遍持反对态度，对职校生的恋爱却有着普遍的宽容。或许是高中还面临着高考的压力，恋爱会耽误学业。职校生考个大专没啥压力，进来了也都是奔着就业的，这一属性让他们更靠近社会，四方的挤压也就更少一些。

五年转眼过去，第四年就要开始找工作，几场校园招聘会跟走过场似的，除了在全国技能大赛上拿过奖的优秀学生，其他人都明白了要自谋出路。我弟弟投了一堆的简历，最后只有江西的一家啤酒厂录用了他，职位是销售，和专业没有半点关系，他犹豫了半天，还是接受了。

至此南下。其实也没有啥远离家乡不胜唏嘘的心情，倒是有种终于长大了要开始闯世界的豪迈。唯一难受的是和女朋友在火车站分别，女朋友受父母溺爱，找不到工作父母也不忍心让她去外地，就在家附近能做点什么算什么。在车站两人都哭了，也说了些会等彼此的话，但心里对这承诺都没个期限和把握，最后火车轰隆隆地准时离开，生硬地为他们的哭哭啼啼做了个了断。

弟弟到了江西，住进了职工宿舍，之后白天推销啤酒，晚上在宿舍里喝啤酒。那时他偶尔会给我打电话，聊南方夏天的夜晚是多么的燠热，那里的方言是如何的难懂，最后是工作多么的难做。现在人喝啤酒都看牌子，也不是啥便宜喝啥，他们公司的啤酒没啥销路，工资月月拿底薪。

之后他换了个工作，凭着销售过啤酒的履历，去了一家地方的果汁工厂，开始推销果汁。这回的销路比之前好了一些，除了底薪每月多了一两千的提成，生活有了些改善，算是能站住脚跟。可越是能站住越是矛盾，这里离家千里，真的要扎根于此吗？还是干个几年攒点钱再回去？

这个艰难的问题，没容他多想就有了转机，但也不是啥好的转机。他走楼梯想事情，不小心踏了个空，人从楼梯上摔了下去，脚脖子疼。开始以为是崴了脚，没当回事，可休息了一天还是疼，这才去医院拍片子，一看，骨折了，还挺严重的。

他做了手术，住进了病房。第一个从老家赶来的人，竟然是女朋友。这一年多，距离的隔阂让两人的关系淡了很多，只是在他下班之后偶尔地聊一聊天，很多近况都有了各自隐瞒的迹象。

现在她突然出现在这里，他才明白，这段感情还是挺深的。她也通过这事明白了自己是爱他的，所以得知消息就第一时间往这边跑。

两人在病房里对着流眼泪。这回和上次在车站不同，上次是离别，这次是默默地承诺：再也不要分开，要结婚。

结婚就不是两个人的事情了，两家人坐在一起谈。女方家提出个建议，别让我弟弟再到处跑了，回来找个正经班上吧。弟弟的女朋友已经先一步进了矿务局。

矿务局是国企，虽然现在都是合同制了，但只要不犯重大错误，就没有辞退的先例，也算是一个铁饭碗了。我弟弟的爸妈把在农村耕种多年积攒下的积蓄都拿了出来，先是办了工作，接着又付了房子的首付，然后婚礼中规中矩地一办，老两口被掏空了，但也挺满足的：儿子的路给铺平了。

我弟弟也从他乡和故乡的矛盾里以及年轻人的迷茫里得救，每日和老婆共同去上班，去不同的车间，干不同的活，挺累的，但不用再操心业绩。中午一起去吃食堂，伙食时好时坏，好时就多吃点，坏时就等晚上回小家自个再弄点可口的。周末休息，去逛逛街，去周边转转，或干脆躺在家里，日子一天一天地过，日复一日地过。

他有时会隐约觉得自己穿越了，这过的根本就是二十世纪八九十年代的职工生活，一切都不用去妄想，也不用去担忧，只要厂子在，就啥都不是事。

虽然偶尔也会有些乏味的念头，可安稳是最难得的，他也就不再去多琢磨了。

时间就这么到了 2015 年，他突然被领导叫去了办公室，说是矿务局效益不好，要把人员进行分流。

效益不好这事他早就知道，煤炭资源枯竭，又没能开展出新的项目，车间里的活越来越少，最基层的员工都能感受得到。可分流这两个字，他就不懂了。领导解释，分流有两种，一是把你分到矿务局旗下其他的地方去上班，工资比现在少一半；另一种是，你的关系还在矿务局，局里也给你交五险一金，但工资就不发了，你自己去找点别的活干。

他回去和老婆商量，两人商量了一宿，最后的决策是他找别的活干，老婆接受工资减半的分流。这样至少能保证家里还有一份稳定的收入，不至于糊了锅底。自己一个大男人，随便做点什么，赚的都能比那减半的工资要多。

他两口子就去局里办理了手续，老婆被分流到了福利院，每天和一群没爸没妈的孩子打交道，还有一部分孩子智力和心性有残缺，于是脸上动不动就被挠出几道血痕。

他走出车间，又走向这个营营役役的社会，几年一个兜转，好像回到了在江西刚毕业时那些喝啤酒才能打发的夜晚。

他那时并不知晓这是社会的又一次变迁，也因为没有成为大时代里的大事件，就以为只是自己或少数人的命运，既然是命运，就只能接着、挨着、想办法活着。

他之后先是去找了工作，却没有几个适合的。就业机会少，那就自己做点什么。他先后研究了几种自制冰激凌，材料自己勾兑，做出来也像模像样，可自己家的孩子都不爱吃。后来又搬了几台电脑回来，没日没夜地运行"挖矿"，获取一种类似比特币的国内产品，最后倒也挖到了，赚到的钱却只能和电费网费持平。他也去夜市摆过摊，卖一喷就干净的擦鞋水，还有能砍断铁丝的金刚菜刀，所赚的钱最多也只够维持生活。几年下来，所谓的事业并没有更多的进展。

再之后就到了他们一家来北京,他和我说起《周易》的那个晚上,也让我了解到了他这几年的起伏和全貌。我问他真的要钻研算命这一行了吗?他说慢慢学呗,这玩意学会了都是自己的,一辈子都有用。

我不置可否,只是想着,现在还有一辈子都有用的技能吗?他当年在职校里学习车床技术,是不是也抱着一辈子都有用的想法?如今只不过几年过去,他就全都忘了。

隔天,我给他们两口子报了个北京两日游的团,他们玩好后直接被送去了火车站,然后一路向北,我定在原地。要好几年后,我们才能再相见。

在这个玻璃上贴着"取名、算命"的店里,那坏了的电水壶终于烧好了水,我俩对坐在桌子两侧喝茶。他比前几年胖了一些,脖子上挂了个玉器,手腕上也有珠子,举手投足间多了点神秘的气焰,特别是看人的时候,眼里玄而又玄,不盯着你眼睛,而是盯着你后背,仿佛早已把你整个身子看透。

他说这些都是师父教的,做这行要有架势,要让人敬畏,只可惜自己年纪太轻,这行越老越吃香,自己还得慢慢熬。他有少白头,三十出头已黑白杂乱,他说以后全白了也不染,这样看起来更像那么回事。

哪回事?更容易让人信服,更容易骗钱吗?我没问出口,但他似乎看出了我的疑问,说你信这些吗?我摇头。他说他原来也不信,但是和师父在一起看过几件事后,他信了。接着他讲了几件鬼上身、缝补姻缘之类的怪事,听起来挺离奇的,但也透着股《聊斋》的味。我笑笑算是捧场,然后把话题转走,问他现在收入怎么样。

他说肯定比之前好,至少这个门面能维持住。我说那就还是没有额外赚到钱?他说有,但不是靠这个。他前两年考了个挖掘机的驾驶证,现在局里有这方面的活就把他喊去,按天开钱,比之前的工资多多了。我说你们那个局又缓过来了?他说嗯,疫情时缓过来的,那时煤炭价格上涨,就活过来了,现在又发现了新的矿产,稀有金属,一开采就能维持个几十年。

他又说,他老婆在的那个福利院,这几年孩子越来越少了,本来现在就生得少,没人养的就更少了。她闲的时候多,就开了个舞蹈班,她有舞蹈基础,教小孩没问题,这也是一笔可观的收入。

听到这里,我真的替他松了口气。到了这个年纪,两个孩子要养,两边的老人也都老了,很多真实的压力扑面而来,不是缩住头就可以视而不见的。

我在黄灯的《我的二本学生》里看到她描述二本院校的学生,说他们从踏进校门那一刻就找准了自己的定位,没有太多的野心,也从未把自己归入精英行列。他们早早看到了在残酷的择业竞争中自己触目可见的天花板,于是安于普通的命运,也接纳普通的工作……

书里还有另一段话写道:"二本学生作为全中国最普通的年轻人,他们是和脚下大地黏附最紧的生命,是最能倾听祖国大地呼吸的年轻群体，他们的信念、理想、精神状态，他们的生存、命运、前景，社会给他们提供的机遇和条件，以及他们实现人生愿望的可能性，是中国最基本的底色。"

我的弟弟不是二本学生，但作为同样广大的职校学生，他们的天花板似乎比二本院校的还要矮一些，还要更早地接受普通的命运、普通的工作，甚而一心只想着赚钱、养家，从不去问自己的理想和愿望，也从不去问自己这一生到底为何而来。

生活如洪流，每一条途经的地方都不同，我们在各自的河道里经受洗刷和摧毁，慢慢摸透生活的本质，也露出了人生的底色。

没有更好的起点，就更容易在时代里被左右沉浮。于是见到缝隙就往里钻、见到树干就往上爬，少了尊严、少了良心，也少了敬畏。握在手里的金钱才是要紧的，是快窒息鱼类的一口氧气。多一点，就能多些从容、多些不紧不慢。

不知道，这又是何种底色。

我们与恶的距离

他是从微博找到我的,报了个名字,问我还记得他吗?我想了半天才想起来。很多年前,我在建筑公司上班,那公司的工程项目分布多处,我先是在呼伦贝尔,之后又去了甘肃,后来又回了呼伦贝尔。呼伦贝尔的工程是在煤矿做基建,在一片大草原深处,一年四季都望不到边,只有大地在变着颜色。

在那座煤矿上,好多建筑公司在施工,但人员并不多,年轻人就更少,所以我们这些少数的年轻人很容易跨越公司的屏障,下了班便凑在一起打牌喝酒,来打发那些只有风声呼啸而过的长夜。

他就是其中的一个年轻人。我对他印象不深,记得是圆头,个子不高,南方口音,特能喝酒。他从微博上找到我后,我们重新建立了联系,但也没说过几句话,只知道他在江西,不干工程了,在做药酒的生意。他了解到我在杭州,说有机会来找我玩。我觉得这是客套,就回好啊好啊。但没想到他真的来了,可也不是特意来看我的,而是要谈一些代理商的事,看我就是个顺便。

我要请他吃饭,他却不干,非要请我,我就被拉到了一个饭店的包厢里,挺大的桌子,就我们俩,中间摆着冒着热气的菜肴,上空飘着多年不见的疏离。还好我们都在社会上摸爬滚打多年,都学会了客套、没话找话,聊一聊这些年在做些什么,也聊一聊过去的事。

他还是爱喝酒,是自己带的药酒,我喝了两口,挺浓的味。几杯酒下肚,能聊的也都差不多聊完了,包厢里就时不时飘荡着一些沉默。他可能害怕这沉默,突然伸了伸胳膊,说你是写书的,我给你讲个事吧。他说完又补充了一句,就是我自己的事。

这种事我见得多了,也听过太多自以为很精彩其实无聊至极的亲身经历,心里挺害怕的,但出于礼貌,也只好面带着微笑说好。

他又喝了口酒,思绪就回到了十多年前,回到了呼伦贝尔的草原上。当年我离开不久,他因实习期表现不好,没能被公司留用,从而离开了那里。之后他回到自己的江西老家继续找工作,不知道什么原因,总之接下来就是不停地被录用,上班,然后主动或被动地离开,最长的工作也没能超过半年。

他家里经济条件并不好,生在农村,母亲还有慢性病,常年吃药,所以经不起他这么频繁地换工作,或者说等不起他毕业多年还不能稳定地回报家庭。他对自己的困境也感到焦躁,越焦躁就越没法踏实下来工作,一心只想着快点赚大钱。

机会终于来了,有个同学给他打电话,说有好的机会。他没多想就火速前往,甚至看到地址是广西时也没太多防备,于是直接跳进了传销的窝子。铁门一拉,出都出不来。

身上的钱财都被温柔地卸下,每天听激励人心的金字塔课程,晚上同事之间友爱地互相帮忙洗脚，实际是想洗掉脑子里的固执，做为了钱财而更开化的人，没有心理障碍地去骗取亲友入伙。

他脑子里提了根筋，也提着对骗他入伙同学的愤怒，他时刻想要找机会锤死他同学，这锤不是形容词，是真的想往他同学脑袋上砸锤子，可同学很快被调去别的窝点，他的愤怒找不到发泄点，就转成憋着一口气要逃出去。

窝点虽管理森严，但机会还是被他找到了。他钻进了一个中层领导的车子后备厢，车子开出去后，他从后备厢跳了出来，跑向了在路边指挥交通的交警，就这么得救了。但传销的窝子没被端，警察赶去时，已经人去楼空。他们如此机警狡诈，他能逃出来已是万幸。

警察给他买了车票让他回老家，他进了站口却把票退了又跑出来。他不敢就这么回家，从家里离开时，他把父亲贷款的化肥钱偷了出来，没有化肥，一整年的田地就都毁了。他没法面对这个家庭因他的错误如没了肥料的土地般越发贫瘠。

他在那座城市晃荡到夜晚，又疲又饿，钻进个公园，躺在长椅上休息，便看到一个穿金戴银的女人，挎着个包，慢悠悠地在公园里溜达。他突然觉得这是一个危险的机会，没多想便趿摸了一块红砖跟了上去。公园里的人不多，照明也不好，女人径直往林子深处钻，像是故意给他找下手的空当。

他四周环顾了一下，咬了咬牙，就要往上冲。后脑勺最柔软，一板砖拍下去，肯定倒下，然后她的金银首饰还有包里的钱，够他堵上家里的窟窿。

北方以北

他小跑着冲了过去，板砖高高地扬起，但不知怎么回事，可能是害怕，也可能是心太软，这些情绪都传到了手掌，手发软，一瞬间失去了所有的力气，砖头就从手里滑落掉在了地上，发出咣当的声响。

女人听见了，回过头先是一愣，随即明白发生了什么，大呼小叫地跑了起来。他也吓了一跳，立马朝另一个方向跑去，越跑越快，越跑越不敢停下，直到没了最后一丝力气，整个人瘫倒在了地上。

他的事情讲到这里就停了下来。他知道在故事里，这是一个重要的时刻，于是就那么看着我，像是在等着回应。我一时没能从他的讲述里抽离，心情也停留在了那里，过了有几秒钟，才从那黑夜里缓过来，回到这酒宴醇浓的时刻。

我回了回神，说好险啊。

没想到这回应和他的心境一样。他说是啊，好险啊，这些年我每次回想起那一刻，都觉得好险啊，差一点，我的人生就毁了。

他说那个夜晚是他人生的分割点。天一亮，他就给家里打了电话，父亲在电话那头把他痛骂了一顿，他哭了，父亲也哭了。

他又回到了老家，像逃命一般，以后再找到工作，都踏踏实实地干，不管啥活都不嫌弃，也不嫌累，每拿到一点工资都觉得是赏赐，对一点点幸福都很珍惜。他发现心态变了之后，世间万物的运转都变得顺滑了，他也就越走越顺，到了如今这么个不错的田地。

面对这结局，我打心底里替他感到高兴，但竟也一时词穷，把多年的写作技巧和华丽辞藻都忘记了，只会说真好，真好。

几年前，我出了本新书，去东北一个朋友开的书店做活动。朋友也是写作的，她老公开书店之前是记者，所以也能做主持人，活动中问题问得还挺出乎意料，我总要想一会才能回答上来。

活动结束后他们夫妻俩带我去吃饭，吃大盘鸡喝大乌苏啤酒。吃饭间闲聊，说起新书，也说起以后想写的东西，那几年东北文学刚开始走俏，悬疑题材也很火热。她老公知道我是黑龙江人，问你怎么不写写你们老家的故事？我说想过，但不知道写啥。他说你们那儿前些年，有个著名的连环杀人案你知道吗？奸杀了好多小孩子。我说听说过。他说我当年采访过那个杀人犯。

我愣住了，直面过杀人犯的人，我还是第一次遇到。我问他啥感觉，他的回答我忘了，应该是普普通通，没啥特别的心态。我又问他，那杀人犯为什么要杀人？他说挺复杂的，具体的都写在那个报道里了，让我自己去网上找。

这话题就到此打住了。我那晚喝了点酒，也有点晕晕乎乎，隔天从东北回了北京，又跑去了一趟越南，之后生活一直忙碌，这事虽然时不时还会想起来，但也都一晃而过，没过多占据心力，也迟迟没去看那篇报道。

之后疫情来了，我在东北的家里，虽然在写另一本小说，但闲暇的时间很多，就又想起了那篇报道，在网上找来看，越看心里越堵得难受。

2006年前后，东北某小城接连发生了多起未成年人被杀害的案子，警察全力侦破，把嫌疑人逮捕归案。嫌疑人是个中年男性，刚出狱不久，究其犯罪原因，他讲了个漫长的故事。

十多年前，他还年轻，接替父亲的班进了国有工厂，不久便遇到了国企改制，被迫下岗。之后自食其力，找到生活的一些出路，也谈了个女朋友。两人发生了性关系，却被女方的家庭报了警。他这才发现，一直宣称自己成年了的女朋友竟然还未满十六岁，于是他被判以强奸罪入狱。他自然觉得冤枉，可也不冤枉，法律在那摆着，是自己没搞清楚去触犯了。可在他服刑几年后，这则法律发生了更改，界定年满14岁后，确认不知情，且双方自愿发生性行为，就不算强奸。

这一更改，把他改进了牛角尖：要是事情晚发生几年，是不是自己就不用进监狱了？这几年监狱里的苦，是不是就不用受了？为什么法律说改就改？如果修改了，是不是说明以前是错误的？那自己凭什么要承受着他人的错误？

人一旦产生"凭什么"的念头，就危险了，这"凭什么"如果有个答案还好，若是没有，那就是一辈子的执念。以后过得越不好，就越怪别人。可他能怪谁呢？于是便怪罪在了当年的女朋友和社会身上，出狱后就开始了疯狂报复。

这个报道里的杀人犯，和我那个朋友的故事放在一起后，我产生了一种平行时空的错觉。人生的每一个路口，都是分岔点，一转弯，就创造出两个世界来。

所以对于人生来说，每一个步伐、每一个选择、每一个决定都是一种考验。或者说人生本来就是一个又一个的陷阱,阴差阳错是,欲望诱惑是,选择与被选择是,爱情和友情也是。

一个人想要这一生都不出错地平顺度过,太难了。

除了外因的诱惑,还要时刻看守好心中的那团怨气,不要让它化成恶念喷涌出来。我们在生活顺遂时以为距离我们的恶念有千里之远,但一个不小心,它就会变成手里的砖头,砸下去,人生就是另外一个样了。

我的朋友没有砸下去,于是后怕了多年,后怕里更多的还有侥幸,侥幸自己的手软,侥幸潜意识里做了正确的选择。以后的日子好好过,日子越好就越感激当初的自己。

报道里的杀人犯把砖头砸了下去,心中的怨念并没有被化解,于是只能一块接着一块地往下砸,直到最后一块砸在了自己的脑袋上。

几年后,我将那篇报道改编撰写成了一本书。去出版社开会时,发现编辑是我的老乡。更巧的是,遇到另一个组的编辑,闲聊起来,竟然也是老乡。她说起我这本书的故事,说她知道故事的原型,甚至算半个亲历者,故事里那个网吧她也去过,发生了杀人案之后,她后怕不已。

那一瞬间我看着她,竟然有些恍惚。哪怕我和这个故事相处了好几年,哪怕它是我朋友做的采访报道,哪怕它就发生在我的家乡,我也仍旧觉得这是一件很遥远的事情。

但如今，这半个亲历者就坐在我眼前，我突然就觉得它跨越时间和空间的千山万水来到了我身边，也终于了悟到，原来在我们普通的生活里，罪恶都是如影随形的。这罪恶可以是他人的，也可以是自己的，都不显山不露水地藏在身体和人群的深处，然后在某一刻熬不住了，突然冲出来毁掉一切。

我们那些无知的童年、无所谓的青春期和无畏的青年时代，肯定有过好些凶险的时刻和念头，躲过了，就是日常，躲不过，就是灾难。在漫长的前路上，我们还是会活在这躲过了和熬住了的时间之间，能做的只有等待，等待命运的关照或是狡诈，把我们推向一个又一个寒夜的边缘，去考验，去试探。

而剩下的时刻，平凡世界里的心平气和与家人闲坐，都是上天悄无声息的垂怜，我们要善待它。

一江悔恨向海流

我老姑今年五十岁了,最近好像得了抑郁症,门不出了,班也不上了。以前一天能在家庭群里发几十句话,没人回复也不耽误她发,现在家里人主动找她聊天,她也不回,约她出来吃饭喝酒,她都拒绝,偶尔在朋友圈里能看到她发几句话,也都是郁郁寡欢的哀愁之言。

家里人都纳闷,这到底是怎么了?肯定出了什么事。我大哥和我老姑在一起做过买卖,算是比较有话聊的,经过好多番打听,才明白问题出在哪里。

我老姑有个儿子,今年二十六七了,在他十岁左右的时候,我老姑和丈夫离了婚。婚是我老姑执意要离的,儿子记恨这事,就选择跟了爸爸,也因为这记恨,这么多年来都不太和我老姑来往。

后来他年纪大了些,和我老姑恢复了联系。去年他谈了个对象,张罗结婚。双方家长见了面,谈得挺好的,买房彩礼啥的也都定了下来。当时说好的,这钱我老姑和她前夫各掏一半,我老姑这些年攒了点积蓄,就把这钱都拿了出去,儿子拿了钱交了房子的首付和装修。最近轮到拿彩礼和办酒席的钱了,前夫家却反了悔,一分钱不往外掏。

儿子拿父亲没办法,就来磨母亲。我老姑生气,去找前夫理论,前夫耍无赖,翻旧账,把当年的离婚说成抛弃,说你抛弃了孩子,就该多掏钱来弥补。我老姑闲聊天嘴很能说,唠吧唠吧地自己都能说一宿。但一和人吵架就肯定输,总抓不住重点。

最后受了一肚子气回来,真就觉得自己对儿子亏欠太多,可钱都拿了出去,再要拿也没了,于是一边亏欠,一边愁钱,两头心思在一起磨,就把自己磨抑郁了。

我离老家远,我大哥把这事讲给我听,让我有时间劝劝老姑。我听着也生气,生她前夫的气,气着气着,很多当年以为忘了的事又跑了出来。

我老姑这个前夫姓万,住在十几里外的邻村,两人当年是相亲认识的。在相亲之前,我老姑曾有过一个自由恋爱的对象,但我爷爷不同意,因为和那家人有点生意上的恩怨,生拉硬拽地把两人分开了。我老姑还因为这事闹过一阵自杀,后来找了神婆来看,说是淹死鬼缠身,用柳条沾符水一顿抽,把我老姑抽老实了,再也不提死,也不提那个男人了。

几年后,她和姓万的这个男人结了婚,很快有了孩子,那孩子浓眉大眼的,看起来挺招人稀罕。所有人都觉得,我老姑这日子过得还不错。我老姑也挺满意的,还在村里弄了个小烧烤店,时不时把我们这群小孩接过去玩几天,吃吃烧烤喝喝汽水啥的,好多个夏天的黄昏都是这么过去的。

婚后几年,这男人的秉性慢慢露了出来:爱喝酒,喝大酒。有多能喝呢?每次他来我爷爷家,我们家的男性长辈为了面子,轮番上阵和他喝,好几个男人加起来都喝不过他。

他喝酒前是一个样,说啥都笑眯眯地听着。喝酒后就换了脸,下巴一歪爱打人,主要是打我老姑。我老姑也不窝囊,两人对打,把家里的电视机、洗衣机、DVD都砸了个遍。可我老姑毕竟是女人,打不了几个回合就败下了,被他按在地上,骑身上揍。

东北,加上是那个年代,夫妻打架很常见,没人觉得是大事。所以哪怕我老姑挨打后回了娘家,家里人也是劝她的时候多,还给她想办法:以后他喝了酒,你别惹他,你躲出去,别在他旁边一直磨叨,男人最不喜欢磨叨的女人了。

我老姑在娘家听着,可一回去还是忍不住要说,说男人不争气,不努力,太懒,农闲时也不知道出去打工赚钱。于是两人接着打,日子越过越不消停。有次我和叔叔家的弟弟去她家小住,两人又打了起来,我老姑怕我俩受伤,拉着我俩离家出走,没想到那男人竟然拎着铁锹追了出来。

当时下着大雨,我们看着他恶狠狠地冲过来,要把我们杀了似的,当时我俩只有八九岁,哪见过这场面,吓得嗷嗷叫唤。我老姑挡在身前,男人的锹就往她身上拍,我和弟弟冲上前去要抢锹,他一锹就拍在了弟弟的后背上,弟弟被拍得起不来。后来路过的村民看不惯，把我们仨救走了，又开着三轮车要把我们送回家。

我们仨坐车斗上，披着一块塑料布，什么风雨都挡不住，浑身早已湿透。我老姑突然让我们回家啥都别说，就说玩够了自己要回去的，而她跳下了车子，说要去和她丈夫拼命。

我和弟弟回了家里，怎么可能不说这事？叔叔掀开弟弟的衣服，后背青了一大片，家里人立马炸了窝，两口子打架就算了，怎么连孩子都打？还下这么狠的手？

于是那个雨夜，一辆四轮车开出了村子，车斗里站了一群娘家人，要去姓万的家里讨个公道。

我被留在了家里，一直在担心，我老姑说的拼命这件事会不会发生？会不会有什么血淋淋的后果？直到半夜，我爸妈回到家里，我爬起来问怎么样了。我妈说，把你老姑接回来了。说完又一肚子的气，说你老姑这人真窝囊，你们都挨打了，她回去一声不吭地睡觉了。我们给她讨公道，要打人，要报警，她都不让，死活拦着……最后要把她接走，她还丝丝拉拉地不想回来，人家老万家也不把她当回事，走就走，都不拦着……我妈说着说着，又和我爸意见不合吵了起来。

我当时也觉得奇怪，怎么都捉摸不透，不是说要去拼命吗？怎么变成回去和好了？很多年以后，我能以成人的视角看待事情时，也明白了我老姑的性格脾气后，才顿悟，她从三轮车上跳下去的那一刻，不是愤怒，而是在逃避，她没法预料自己的侄子被丈夫殴打后家人的态度，也无法面对这么个丢人的场面，于是选择了说谎跳车，能逃避一时算一时。

我老姑被接回娘家一个星期后，她丈夫仍旧没有来接她，丈夫的父母也没有任何表态。家里人都觉得，这样的人，不用跟他过了。但那时我老姑的意识还没有觉醒，她觉得离婚丢人，于是找了个想孩子的借口，灰溜溜地跑了回去。她那残破的婚姻因此又得以维系了几年。这几年中，我们再也没敢登她家的门，再听说她挨打之类的事情，娘家也没人再出头了。

几年后，我老姑在农村的日子过不下去了。她丈夫家闹分家，公婆选择跟着小姑子，于是分走了大部分的土地。他们一家三口的生活无法支撑，选择搬到县城，租了个房子，四处打工求生。

我老姑应聘上了一个食品百货类的业务员，她丈夫会开车，就去做了出租车司机。如果顺利的话，两人一个月的工资加起来也不少，比在农村生活要富裕很多。可她丈夫不上进，还是改不掉爱喝酒的毛病，之前在村里，喝多了酒也不耽误去田里干活，顶多是把稻子当成了稗草往下薅，但开车就容不得半点酒醉了，他也知道，所以喝了酒就把车停在树底下睡大觉，一睡，一个下午就过去了。

除了喝酒，他脾气还不好，爱和乘客起争执。他那虚无的自尊心太过于强盛，别人语气稍有不好或着急，他就觉得人家瞧不起他，把人往下撵，钱也不要了。甚至还打过几次架，进了派出所，赔了钱，他也不懂反思，只是更加郁闷，要靠喝更多的酒来解闷。

我老姑还是能说，他出一次事，我老姑说他一回，一回能说半宿。最后把人说烦了，难免又挨一顿打，像个轮回，也像公转自转，就是怎么都转不出这个圈。

这样的日子又过了两年，我老姑实在没法忍受了，提出了离婚。可婚也不是那么好离的，一提出离婚，隐藏在身后的两家子人又跑了出来，东拉西扯的，拖拖拉拉了又是半年多。

可我老姑这回意志坚决。她在县城里工作了两年，能磨叨的这个特点成了能力，和业务员的工作完美匹配，很快就在那个小公司里成了优秀员工，也因此接触到了更多形形色色的人，她的意识潜移默化地发生了改变，她觉得自己不能和这种人过一辈子。

但她的觉醒也不是如今常说的那种女性意识的全面觉醒，而是一种面对婚姻的无奈选项。我记得那段时间她常说的一句话是，婚姻是女人改变命运的机会。这言论在今天来看简直是糟粕，但在当时已经足够支撑她把那段长达十年的婚姻彻底割掉。

离婚后，儿子跟了前夫，他们又回到了农村的家里，过另一种不再被我们关注的生活。我老姑则如枷锁被砸，满心轻松和欢喜都藏不住。她经常约我大嫂和大姐们一起喝酒，几个女人喝得五马长枪、东倒西歪，老公孩子都拦不住，最后在一旁看着她们哭。个个年纪不大，却都在讲人生的不容易，芝麻谷子都是事。

她们哭完讲完又开始笑，又开始闹。我老姑闹得最欢，喝酒也最敞亮，走一个、走一个，最后走到洗手间抱着马桶吐，吐完一抹嘴也不嫌难受，还约着下次再喝。现在看来，那都是人生里难得的放肆时刻。

你看世间朗朗有光照

一两年后，我老姑认识了某个小品牌的区域经理。两人一开始在一起走业务，走的时间长了，就有了感情。那男的比我老姑小几岁，没结过婚，也不嫌弃我老姑的婚史，两人就走到了一起。之后我老姑跟着他去了他家所在小城市，开始了同居生活。

男人家所在的地方是个煤矿枯竭的小城市，他爸妈都是煤矿工人，一辈子就分到一套一室一厅的房子，儿子大了之后，改成了两居室，一进门就是床，人进进出出转身都费劲。

我老姑是农村出身，也不嫌弃这条件，就这么住了进去。她在那个地方又找了份工作，每天从矿区到市区，坐公交车要一个小时，男人也一样，于是两人整天出双入对的，倒也让我老姑感受到了从未有过的幸福。

可是好景不长，男人的父亲瘫痪了，他母亲身体也不好，于是照顾老头子的任务很大程度上落到了我老姑的头上。家里人劝她，说和男人没名没分的，就给人伺候老人了，这算啥事？

我老姑也觉得不对劲，可结婚这事，男人就是不提，一开始觉得奇怪，后来发现，男人是担心我老姑惦记他家的那套小房子。这心思也并不让人惊讶，因为从平时的种种表现来看，他确实是对金钱很计较的人，甚至可以用抠门来形容。

我老姑说不图房子，可男人不信，到后来因为结婚这事被逼得没法，撂了一句话，说你把我爸伺候走了，我就在房产证上加你的名字。到头来，还是觉得我老姑要房子。

于是结婚这事就再也没提过，这样的日子又过了一两年，老头子去世了，家里人都为我老姑松了口气，男人却没有履行承诺。

这下实在搞不懂了，身边人都劝我老姑离开男人算了。男人的爸去世了，妈又得了癌症，等到恶化的时候，还是得她来伺候，她就是个免费的护工。

我老姑不表态，脸上有愁容，但也不爱听大家絮叨。后来还是我奶道出了真相，说男的想让你老姑生孩子，可你老姑还惦记自己的儿子，觉得可以先结婚再考虑生孩子。那男的呢，想结婚，又怕结了婚你老姑生不出孩子，所以要先生了再结。反正就是一团乌糟糟的事情。她最后总结，不是原配的夫妻，就是隔着门板过日子，各有各的算计。

这样算计的日子又过了两年，男人的母亲也走了。男人挺感激我老姑的，酒后说了好多个谢谢，可仍旧不肯把房子加上我老姑的名字。然后突然某一天，他把房子卖了，说要去外地生活，那个新生活里没有我老姑。

我老姑措手不及，或是早有预感，也没太难过，她知道他最后做这个决定的因由是她已经四十岁，很难再生育了。我老姑替他完成了对父母的尽孝和送别，他则需要找一个年轻的女人完成传宗接代。他的人生里有自己的规划，不能对任何人破例。

我老姑对自己的人生没有那么多丁是丁卯是卯的规划，她只是想着，结婚是改变女人命运的机会。只是这一次，没有婚姻，也不算是好机会，而命运却实打实地存在，她劳累多年后，又变成了一个人。

我老姑和那男人断了之后，她的前夫不知从哪里得到了消息，找到了她，目的很明确，想要复婚。前夫的心思，不知道经历了怎样的百转千回，才迈过如今这个门槛。我老姑只知道他这些年也没再找，年纪大了些，也踏实了些，一个人在外打工多年，也终于懂得了生活的难不是靠一场大酒就能解决的。

最终两方家人劝说，好像把之前婚姻里的糟心事全忘了，岁月的滤镜最后美化出了一个还是原配夫妻好的总结，也找出了个为了孩子好这种更为大众所接受的托词。总之，我老姑坐上了前夫来接她的车子，前夫也有了看得见的变化，这么多年头一次送了她礼物，一条毛线围脖，可以把之前的伤口都捂住。我老姑围着它，坐在车子的后座，没人能猜透她的心思。或许真的就是累了，倦了，也或许是，她相信进化论，人终究都会朝着好的方向演变，她前夫也是，不然时代不就跟着倒退了吗？

两个月后，我老姑跑了出来。那时还有几天就要过春节了，她说没地方去，我就邀请她来我家过年。头几天，大家问她为啥跑出来，她啥也不说，等到除夕那天，喝多了酒，她才终于开口。

她说前夫丧良心，回去这两个月，把她这几年的存款全都给花光了，她没钱了，他喝完酒就打她，她一看，这还是本性难改，就只能趁他们不注意跑走了。她边说边呜呜哭，说就不该听家里人劝，每个劝她的人都有毛病。她说前夫给她买的围脖是残次品，哗哗掉毛。她说儿子也跟她不亲，都不爱正眼看她。

我那时已经二十多岁，除了能上酒桌，也能和人聊感情聊人生，我说你这一步走完，也就算死心了，以后再也别想着走回头路了。她说我恨他们那一家人，要把他们碎尸万段。我说你以后也别总想着找个男人依靠了，就自己过日子，多轻松自在啊。

她点着头说是，是，再也不找了，除非遇到条件特别好的。

几天后，正月初六夜里，她顶着大雪走了，谁都拦不住，她要去哪儿，也不告诉别人。一开始家里人都担心，但看她朋友圈，几天换一个地方的风景，就明白她去散心了。再之后，她留在了一个陌生的小城市，又做起了老本行，业务员，产品是某个没有名气的白酒。

差不多一年后，她又和另一个男人好上了。看来，她还是坚信自己的哲理，婚姻是女人改变命运的机会。她虽然一直在失败，可仍旧不肯放弃，对于这种执念，我无法理解。

我奶倒是能理解，说你老姑自己支巴不起一个家，租个房子自己住都害怕，有个男的也算是个伴儿。

这个伴儿算是公务员，工资不多，但好在稳定，四十多岁，没结过婚，人长得挺周正，只是说话着急时有些结巴，所以他不是很爱说话。他的父母已经不在，利手利脚的一个人，两人在一起，倒也没有什么别的牵绊，感情也一直挺好，在一起一晃就五六年。

这五六年里，两人传出过好几次要结婚的消息，但最后也都没结成。家里人问我老姑，是不是还是因为孩子？我老姑说不是，两人刚在一起时就说了，不要孩子。

那还能是什么原因呢？多琢磨琢磨，也能琢磨出个大概，两人在一起五六年，所有生活上的开销都是 AA 制，甚而很多事情上我老姑还得出大头。家里人自然是觉得我老姑做了冤大头。

可站在男人角度想，这也是提防，我老姑毕竟结过婚，有儿子，虽说不太联系，但孩子终究是孩子，他不相信一个母亲会心狠到不惦记孩子。所以可以在一起过日子，但婚不能结，他不能拿自己的钱给别人养孩子。

年纪越大的人越会盘算，只有年轻人的爱恋才总是心思纯粹，盼着两个人过成一个人。

我老姑应该明白男人的心思，所以也不再提结婚的事，两人的日子就这么过，也就真的过成了只是一个伴儿。

和这个男人在一起后，我老姑开始走大运，或者说是在一个行业做久了就成了专家。她凭着一己之力，使她负责的那款白酒成了地区的名牌。去年，她回到老家，把这款酒带了回来，成了地区代理，忙忙碌碌的同时，赚的也比之前多得多，吃穿用度和人的自信都肉眼可见地起了变化。

贫穷和富有都是藏不住的，她赚钱了的消息很快传到了前夫家，于是这些年不太和她联络的儿子找上了门。

儿子如今二十多岁，职高毕业，本来可以去个厂子里工作，却嫌累，便在外面四处混，什么活都尝试过，最后在一家旅游公司算是站稳脚跟，专门带老年团，哄着老头老太太买旅游纪念品。他把老年人哄得开心，业务也还行，但是手里握不住钱，所以还是时时手头紧。

他把哄人的功夫用到了我老姑这里，几次通话，就让我老姑把之前的伤心和隔阂都放下了，心里对儿子就有了念想，时不时想视频通个话。但每次儿子都先是不接，然后拐弯抹角说缺钱，要我老姑转账过去，那视频才能接通。

于是母子间的通话变成了有价服务。我们都觉得这儿子不地道，我老姑心里也觉得别扭，但还是想儿子，就只能继续为儿子花钱。

转眼冬天，儿子带着女朋友回来，热热切切地在我老姑家过了个年。有十多年没和儿子一起过年了，我老姑铆着劲操持，让这年过得热热闹闹。儿子也想让我老姑开心，就说了结婚的事，可也说自己的无奈，两人都没钱，希望母亲多支持。

人一过中年，孩子就成了根，哪怕久不相见，也是心头缠绕的挂念，成了一生最大的责任，于是她一口答应了下来。

接着她火急火燎地安排和前夫会面，手里有了些钱，也就有了底气，出着在他们面前从未有过的风头。前夫如今被岁月捶打得更加憔悴，在她面前连喝酒端杯子的动作都少了气势，只听她的安排，钱一人出一半。

反对的人是和我老姑在一起生活的那个伴儿。他和我老姑过了这么多年 AA 制的生活，本来我老姑怎么处置自己的钱，和他无关。但他生出了种类似于君子不患寡而患不均的嫉妒，三番五次地劝说，甚至还激烈地争吵，就是觉得我老姑不该给她儿子出那么多的钱，还说你就是冤大头，被人坑了。

这话一语成谶，最终我老姑的前夫没能掏出那一半的钱，找了几次也无果，死猪不怕开水烫地往那一拱，没钱，只有老命一条。

儿子见识到了母亲能耐的极限，不来逼她了，也对她冷落了下来。我们家里人给他打电话，说你妈因为这事抑郁了，你去劝劝她，安慰安慰她。他却说，抑郁不是心病，劝没用，让她吃点药吧。

家里人只能再去劝我老姑，劝她钱已经花了，也没花给外人，你这个当妈的也算尽了自己的力了，那个当爸的出不出钱，是他自己的事，他自己和儿子交代去吧。儿子的婚最后不管结不结，你也不落埋怨了。

我老姑不听，只是唉声叹气，蜷缩在床脚，一动不动。到了夜里，也不见那个伴儿回来，给他打电话，就发现了不对劲，原来两人已经分了。

分的原因是钱吗？他自然不说，就只能再追问我老姑。我老姑磨磨叽叽才道出实情：那个伴之所以一直和她分着花钱，是因为他有个儿子，那儿子是私生子，跟着妈过，他每月都要给生活费。这事他藏得严严实实，在一起生活了五六年，她都没发现。

果然，这世间一切的怪事都有原因。

他在此时把这秘密公开，也随之泄露了这些年的小算盘。他以为和我老姑在一起，不管怎样，都可以从我老姑这里得到一些金钱或是资助。他那个儿子也到了结婚的年龄，他作为父亲，多少也要出点力。可是，我老姑把钱都给了自己的儿子，他的算盘落空，也是心思暴露，没了面子，便拂袖而去，没有一丝留恋。

家里人都恨这男人，说了好多难听的话。我老姑大多时候听着，只为他辩解一句：他也是为了孩子。

我老姑这抑郁症，拖拖拉拉好久都没见好。前几天，她突然在群里发了一张江水的照片。我奶大呼小叫，说你老姑要跳江了！离得近的家里人赶紧往那江边赶，到了却没见一人，最后几个人找了一圈，人找到了，她已经悄无声息地回了家。大家才松了口气。

我离得远，在群里盯着那张照片看，天气不好，灰色的江水滚滚，看不清来去。我想着我老姑拍下这张照片的心情，肯定是那江水让她难受或是有了开悟。她这半生，一直执念于靠着婚姻改变命运，却屡屡被这执念和执念背后的男人伤害，留下一腔的悔恨和余生的空荡。

如果人生真如江水，有源头可溯，她是否愿意逆流而上，从头来过，这回只靠自己，不想别人？

若人生真如江水，只管向前，没有回路，不如就让这一腔悔恨和满身泥污都浩浩荡荡滚入湖海。

咱们转身再做一个轻松的人。

最长的告别

下午四点半,最后一班火车离站,保洁扫地拖地,工作人员离开岗位,脱下制服,收拾东西下班。老常通常最后一个走,和保安一起,把大门上锁,拎着包穿过站前的小广场,停在一个公交站牌下等车回家。

冬季天黑得早,不到五点钟就彻底黑了,路灯全都亮了起来。现在的路灯和从前不一样,从前的昏黄,虽不亮堂,但有暖意,有种属于夜晚的归属感。现在的清亮,辐射广,不让人忧愁,却把这一带照得越发冷清。

公交站牌后面有一家小商店,平房,因挨着火车站,一直没机会拆迁。店里玻璃门关得紧,怕暖气跑出来,门帘遮住一半,另一半才露出里面的景致来,老板娘五十来岁,坐在店里看平板电脑,却也在看手机,一双眼睛挺忙的。

公交干等不来,老常的皮鞋穿了两年多,里子的毛差不多掉光了,不保暖,他跺了跺脚,推门进了商店。老板娘抬头,看是他,说下班了?两人认识,商店开了多少年,就认识多少年。他到柜台前，说拿包烟，目光看着红双喜，却说要长白山。都是硬盒，价钱差着一多半。

老板娘把烟递给他。他扫码付钱，又问，茶叶蛋有吗？老板娘说懒得弄了，人少，卖不出去，到头都自己吃了。他看见那空着的茶叶蛋铁罐子端坐在煤炉上，好多年前就是这个。

两人闲聊几句，公交车就来了。老常推门出去，门一开一合，门外也是半扇门的景致。老板娘看着他的背影在风里佝偻着小跑，没来头地跑出个念头：他也老了。

她抽回目光，看到柜台上的长白山落下了。她替他收好，知道他明天会来拿，却也有点事情想不起来，他是从什么时候开始抽这个牌子的？以前可都是抽红双喜的。

二十多年前，那时火车站是这小县城最热闹的地方，一整天一整晚都有车子停靠。乘客们不愿在小候车室待着，都在站前广场晃，就都成了小商贩们的生意，叫卖着，拉扯着，打劫抢钱似的，总发生口角或是打斗。保安们有时为了耍威风，就往外撵人，城管也帮忙。于是小商店这合法经营者就有了优势，心理的和实际的。冬天再冷，大门都敞开着，大喇叭喊着门前的货品，茶叶蛋冒热气，煮玉米和土豆丝卷饼也放不凉，小板凳也有销路。人影穿梭，骂骂咧咧，不图什么回头客，乘客和时间一样，都一去不复返。

那时不仅火车站热闹，她也年轻。她是从外面嫁过来的，一嫁过来就接手了小商店，成了老板娘。看起来运气好，但也不好，隔两年，男人就病死了，留下个儿子，两人相依为命。别人都劝她再往前迈一步，她听劝。可这事不是听劝就好办的，还得相中，还得有眼缘，这就是另一回事了。

老常那时也年轻，人长得精神，在火车站里面当售票员。那年头逢年过节学生开学啥的，火车票就不好买，普通日子卧铺票也不好买，都得半夜爬起来排长队。有时排长队也不管用，得找人，得偷摸塞东西。

最方便往售票窗口里塞的是烟。烟盒卷在钱里，一出溜就进去了。红双喜价格适中，颜色也和新发行的百元钞票最接近，于是成了硬通货，老常每天都能收到几盒，有时遇到朋友介绍过来的人，买一家人同一个软卧包厢的，还能收到一两条。这些烟抽不完，他就装进皮包，下了班走进小商店，卖给老板娘。

老板娘识货，这些烟大多是从她这卖出去的。她一边数烟一边数钱，不动声色地按进货价收。他也同样不声不响地接过钱，数都不数，揣进兜就走。

于是，这老板娘和售票员就在这进进出出中把红双喜变成了一个闭环的市场。有时遇到红双喜缺货了，她也让买家照样付钱，然后写个纸条，两盒或是三盒，签上自己的名字，递给买家，告诉买家去第二个窗口找男售票员，管用。买家将信将疑，到了晚上，那纸条就又回到她手里，换成现金，被他揣进口袋。

后来有天，他进来挑了一大堆的儿童零食，结过账后却不拿走，说是给你孩子的。那一刻，她有点分不清，这算是回扣，还是别的什么东西。

那个别的什么东西把她搅得心神不宁，日日就盼着他来。遇到他的休息日，她心里就没着没落的，老是算错账，茶叶蛋都煮不熟。心里乱，可也不敢再多乱，人家在火车站里面上班，吃的是铁路局的硬饭，是体面人，她一个寡妇，带着孩子，不匹配。可在街上看到一件白衬衫，还是没犹豫就买下来。她记得他爱穿，只是常穿的那件袖口都磨得起毛边了。可又觉得送这礼物太张扬了，便在地摊又买了副套袖。回去琢磨半天，到底送哪个？最后还是送了衬衫，套袖自己用了。

他收了衬衫，也接受了他照顾生意的理由，隔天，就穿着来上班，她离着八百米都能看到，阳光底下，那衬衫白得亮眼。

后来，他们一起去喝过一次酒，原因是一个想找铁路局办事的亲戚实在找不着关系，找到了她头上，觉得她在这开了这么多年商店，总该认识几个火车站的人。她只认识他，就把他请了出来。他给面子，承诺再帮着找人托关系。亲戚和她心里都亮堂了，酒也就喝多了。

喝到深夜，他醉得说不清话，她没地方送，就扶回了小商店，小商店再往里屋，就是她和儿子住的地方。孩子睡了，占了一半的床，他占了另一半。她把他的鞋子脱掉，盖上被子，心惊肉跳地走出去，擦了擦脸，喝了半瓶矿泉水，也算解了解酒。然后洗玉米，洗鸡蛋，烧炉子。凌晨有趟火车，人总是挺多的，她要养家养孩子，一趟列车都不敢怠慢。

凌晨四点多,天光初初亮起。他睡醒了,摇晃着出来,也不说话,拉了把椅子坐下,看着她忙活。她给他递了包杯装的豆浆,热乎的,说喝多了酒,肯定口渴了吧?他笑笑接过去,小口喝着,脸上还是宿醉的疲惫。过一会,新一罐茶叶蛋也煮熟了,她也给他一个,说喝多了酒,胃肯定难受吧?

他把茶叶蛋剥开,咬了一口,茶香味挺足的,剩下的大半个,两口就吃完了。他说,你一个人带孩子,挺不容易吧。她干活的手没停,心停了一瞬,说还行吧。她以为他会接着往下说,他却没了话。过了好久,才像自言自语似的嘀咕了一句,你要是没孩子该多好。

她这回手里的活停了下来,转身进了屋子,找了条毛巾把要涌出来的眼泪擦掉。她知道他在说什么,说出口的和没说出口的,都让她难受。

她洗了把脸出来,椅子空了。她四处环顾,天光大亮,没个人影,只剩一地的茶叶蛋壳。她拿把笤帚把蛋壳扫掉,对他的心思也跟着一起收了。

一年后,老常和一个在公交车上卖票的女人结了婚。女人长得一般,岁数也一般,但两人都是卖票的,门当户对,也有更多的话聊。这些她都是听火车站门口的保安说的,他们都被邀请去参加了婚礼。她没被邀请,也没埋怨,去了只会更堵心。

之后日子照常过,他还是会来用红双喜换钱,她却没有再给买家打过白条。不知怎么,她看到他表面上一切如常,就是心里别扭了。

又过了两年，街对面新开了家卖猪饲料的店，老板是个三十来岁的男人，天天晚上穿着秋裤在屋子里跳绳，跳完绳还穿着秋裤，呼哧带喘地过来买啤酒。她好奇，这是啥仪式？他说爱喝啤酒，可又怕发福，这么运动一下再喝，心里没负担。她听着好笑，又问，那帮你卖饲料的小女孩是谁？前段时间咋没看着？他说是他闺女，以前跟她妈，后来她妈又找了个男的，她看不上那个男的，就过来和他住了。

两人都有孩子，谁也不用嫌弃谁，也不用怕谁拖累。这是个很好的基础，走动就多了起来，一年后便结了婚。两人都是二婚，就没办婚礼，亲戚朋友随便吃了顿饭。她也没通知老常，但隔天老常却来店里，给她留了个红包，说恭喜你，真心的。

她抓了把糖块给他，说喜糖。他剥开一个放进了嘴里，又问，对你好吗？她说刚开始过，也不知道啊。他就笑了，推门出去，又退回来，忘了办正事，还是要卖几盒红双喜。

结婚后，她还在这边开商店，男人还在对面卖饲料，品种多了些，除了猪的，牛马羊鸡的都有。她觉得日子也没啥变化，除了男人的闺女和她不亲。不亲就不亲吧，自己的儿子和男人也不亲。一开始是两家坐一起吃饭，后来也变成各吃各的，睡觉也是，她还是和儿子睡在商店里屋，那对父女睡自己家。他只有想找她睡觉时，才把她往饲料店的里屋拉。

她觉得这日子过得奇怪，细想是缺乏勾连，就提议要不再生个属于他俩的孩子？男人拒绝了，也不是拒绝，是当年生完闺女，计划生育给结扎了,那时技术不好,结扎了就是结扎了,再也恢复不了。

这念头落下,日子就继续别扭地过着。

老常那边倒是生了个儿子,一段时间他脸上都挂着有喜事的笑容。可也没挂多久,脸上就换成了愁色。听说是他老婆离职了,这也正常,两人总得有一个人在家看孩子。可这么一来,收入就少了一半,养孩子这事却费钱,一多一少,钱就不够花了。

不过还好,他还有红双喜这份额外的收入,他仍旧能每天都来换钱。有时两人也聊几句,她问孩子长得好吧?这个月份能喝点小米粥了吧?他却回,这烟怎么这么多年都不涨价啊?你孩子那时候也喝含有 DHA 的奶粉吗?

她终于想起来了,他就是从那时起把烟换成长白山的。

老板娘看着公交车走远,她营业的一天也就结束了。火车站没了班次,她的店就没了客流,附近不是居民区,餐饮店也少,路灯亮起就基本关了门,她也没法例外,起身把门前的货物搬进屋子,门头灯关上,店门在外面上锁,这一片最后的一点烟火气也就熄灭了。

她推着自行车往别处走。几年前,她买了个房子,小区环境挺好的,有电梯,装修也花了不少钱。她现在更喜欢待在家里,弄花弄草,这商店开了太多年,早就腻了,可也没有全腻,多少算个营生,赚多赚少,也勉强能够家用。她如今不愁钱,多了没有,二三十万还拿得出来,全靠那些年起早贪黑玩命似的赚的,如今这些成了自己的底气,养老本,在这小县城足够用了。

儿子大学毕业后留在了外地,挺懂事的,不用她操心,也不用她掏钱,但就是一两年才回来一趟,说忙,说趁年轻拼一拼,拼出来了就接她过去。她觉得儿子有志气,可也不想他太有志气,这小地方没啥不好的,拼不出来就回来呗,人在哪儿都是活,一口饭咋吃都是吃。

她把车子停在车棚里,上楼,开门进屋,屋子里暖和,冷清却扑面而来,早上出门泡在水池里的锅还在那泡着,她不回来,就会永远泡着。一个人住,就是这么回事,不会有事物发生意料之外的变化,仿佛所有东西都是恒定的,她走过去才会扰乱一切。

儿子上初中时,她和卖饲料的离了婚,离婚的原因还是老常。那时老常爱收人红双喜的事被举报了,调查部门把她请过去做证,看能不能查清到底收了多少。卖饲料的男人叮嘱她,一定要实话实说,添油加醋也行,他早看不惯老常了,自己有次买票,没给老常塞烟,就死活说没有座位,害得他一路站着去的沈阳,腿肚子都站浮肿了。

她到了办公室,调查人员客客气气的,还给她泡茶水喝,她却一个字都没往外吐。调查人员就黑了脸,威胁她包庇也是犯罪。她知道他们手里没证据,所以才会找自己做证,因此心里有底,便还是没说红双喜,倒是讲了老常给自己儿子买零食的事。

最后,她被请了出去。几天后,老常又回到了售票窗口,之后再也没来自己这卖过烟。

这事过后不久，她就和卖饲料的离了婚。她弄清楚了，这男人宁可一路站到沈阳，腿肚子都站浮肿了也要去，是因为那边一个女的。他们是在一个卖饲料的QQ群里认识的，女的也爱喝啤酒和跳绳，两人还总约着一起去进货，该发生的不该发生的都发生了。

办完手续，男人领着女儿走了，不知道是去了沈阳，还是去了其他什么地方。那个饲料店关了门，又过了段时间，换成了卖农具的。镰刀、铁锹、耙子，样样都堆在门前，遇到流氓打架，每一件都成了顺手的家伙什，这店就也没开长。

她离婚后，老常来找过她一次，是带着媳妇和儿子来的，非拉着她去吃饭。她以为是对之前做证的事情表示感谢，到了那发现确实也是感谢，只是感谢的方法是给她介绍了个男的。

那男人是老常媳妇的远房表哥，长得圆墩墩的，一脸横肉，眼睛跟睁不开似的。在饭桌上，老常的媳妇不停地夸表哥，虽然长得一般，但里子丰富，走南闯北，去的地方多，见识也广。又说没结婚没有孩子，父母也都走了，啥拖累都没有，就是连房子也没有，需要搬到她那去住。还说表哥好多年没出去上班了，最喜欢待在家里，正好能帮着看商店，这活一般男的都坐不住。

老常听不下去了，让媳妇别说了，说这些你来之前咋都没和我说？

她心里也好大的气，在他们眼里，自己咋就是这光景了，只能配得上这种男人了？她嘴上却说，回去考虑考虑，这么大岁数了，也结过两次婚了，这一步得迈得谨慎点。

隔天，老常来店里买烟，买完却不走，拆开就站在门口抽。抽过一根，又接上一根才说，昨天的事你别寻思了，跟那样的男的结婚就是把自己坑了。她点了点头，心里想着，他还是向着自己的。她说我知道。说完又问，你媳妇又回去卖票了吗？问完才后知后觉，这都是多少年前的事了。这些年日子过得快，一年似一日，她都没有那种沉重的流逝感了。

老常说还卖啥票啊？现在公交车都没人售票了。她说那火车会吗？他说我估计不能，再怎么在网上买，那还是有不会买的，还是会有退票的。他挠了挠头说，哎，你知道吗？咱这要盖高铁站了。

他把这当个喜事来和她说，她心里却有了忧愁，说那你到时就调到那边去了呗？他说我不去谁去？我可是老员工了，有经验，不然弄一些小屁孩过去，那高铁多快啊，不得出乱子？

她想，能有什么乱子呢？一辆车有一辆车的轨道，两车擦肩相会，也不过是起了点大风，呼啸一下就过去了。

人和人好像就不一样，遇上了，就容易缠上，除了表面的，还有心里的，总不能撇得清爽，或者也不想撇得清爽。

几年后，她儿子考上了大学，办了升学宴，老常两口子都来参加，热热闹闹的，好像所有的难事都过去了。

秋天的时候，高铁站建成了。浩浩荡荡的通车仪式，领导都去了，阵仗老大，一溜高铁站的员工拍照合影，老常没在里面。他被留在了老火车站,领导的理由是老人就该在老地方,熟悉,也能压阵。他心里清楚,还是因为红双喜的事情。他想解释,现在都有摄像头了,早不敢收了。可也不敢这么说,等于自首,于是憋着忍着笑着,继续往售票口里钻。

她知道他肯定难受,炒了两个菜,下班时把他叫过来喝两杯。他两杯挡不住,先是说不埋怨,啥因得啥果,都是自己活该。又说这老火车站现在剩六班车,明年减成四班,再过一年就剩两班了。她安慰他,说这不挺好么,活少,轻巧,不累。他说光轻巧有啥用啊?工资也不涨,也没奖金,福利待遇更别提了,就是个混吃等死的地方。她又找理由安慰,说那别人想这么混还混不下去呢,有个地方能混一辈子,咱们得知足。

他念叨着知足,知足,眼泪却落了下来。她还想赶紧找理由安慰,他却说了另一个事,他老婆身上长了肿瘤,要筹钱做手术,不做的话,恐怕活不长了。

她吓了一跳,想起儿子升学宴的时候,怪不得看着他老婆苗条了不少,原来不是减肥,是病了。

那晚她睡不着了,想着要不要帮一把,除了善心,还有点别的小心思。长肿瘤,那不就是癌症吗?癌症能治好吗?她见过好多人,手术也做了,但拖拖拉拉几年后人还是没了。她看着存折上的钱,打算取一些帮他,也不指望还。万一,她是想万一有那么一天,他就也变成有孩子的人了,他们就谁也不嫌弃谁了。

隔天,她取了几万块钱,用纸包着去了医院。她在病房门口看到他坐在床边剥橘子，他老婆躺在床上一个劲地抹眼泪，说孩子不爱吃疙瘩汤，你以后别总做。孩子现在是青春期，肯定叛逆，你别动不动就打。洗衣机甩干的坏了，你找人修一修，要不床单洗完了，你一个人没法拧。

他听着红了眼眶，嘴里却说，你说这些没用的干啥啊？那等你出院了，还像以前一样，咱俩一起拧呗。孩子我不打，你以为我想打啊？我打我儿子，我心里不疼啊？

她在门口看着，眼眶也红了，为自己的小心思羞愧。以前觉得老常对他老婆没感情，在一起是适合，门当户对。如今，这十几年过去，没有感情也处出来了。柴米油盐生活琐碎，最磨人，也最容易磨感情。谁也没深究过筷子为啥是两根，等到缺了一根才明白为啥。

她推门进去，把钱留下，害怕他们推托客气，转身就走。背着身留下句话，嫂子你早日康复。这话是没有任何杂质的真心。老常追出来喊她，她也不停步，想着了了，了了，到此全都了了。

老常的老婆做了手术，挺成功的，几年来都没有再复发，找了个家政的活，一天干个一两家，也赚不少。老常每月开支，都会到店里送一个信封，里面是力所能及的金额。她关心几句他家里的情况，然后数一数钱，记上账。这么拖拖拉拉还了几年，钱就全还上了，他们还多给了点钱做利息，她没要。

后来她儿子放寒假回来，老常两口子给儿子买了件品牌的羽绒服，这桩事才算到了底。他们之间的关系又清清爽爽了。

清晨八点半，第一班火车抵达。火车站八点才开门，老常坐进售票口，喝两口茶水，等着，再等着，车子抵达前十分钟停止售票。今天没有人现场买票，也没人退票。他从售票口出来，站到检票口，数了数，有五个人排队。他拿着喇叭喊，喊时间，喊车次，喊抓紧点。明知道就一班车，没人会弄错，可还是要喊。这是流程，也是仪式感。

他如今是售票员，也是检票员，减员增效，每个人就要身兼数职。送走了这五个乘客，他就闲了下来，有时因为太闲，还会拿个拖把帮着保洁拖拖地。而更多的时候，是看看短视频，发发短视频，或者走出火车站看着冷清的广场，一年四季的风景在目光里变幻，没啥新意。

她则坐在店里，看网剧，看综艺节目，天气好的时候，搬把椅子坐在门前，晒晒太阳，想想心事，可现在也没啥烦心事了，硬想也想不出来。但人就是有种莫名的忧愁，她怀疑自己是不是得了抑郁症？现在这病挺流行的，想去查查，后来也懒得查了。

如果她晒太阳的时候，老常也在广场上望天，就会走过来和她闲聊几句，讲讲各自的新鲜事，但也多聊不了几句就没了话。天天见面，哪有那么多话聊。

但有时也会多说几句，说些对生活的展望。他还是盼着火车站最后的两班车早点停运，这样，他就可以顺理成章地去高铁站了。

她也在盼着，到了这一天，自己也可以顺理成章地把商店关掉了。以后没有机缘，就不再见面。他们也都可以抽身，不用再像两个被时代抛下的老顽固一样守在这里，如同守着一段过往，不愿撒手。

  这些年，在火车站，看过最多的就是相聚和告别，哭啊笑啊的，疯疯癫癫。她却从没细看过，自己为何把最短暂的相遇变成了这最漫长的告别。

  她幻想着那一天，或许下雪，或许有雾，最后一声汽笛拉响，半生远去。

  铁门拉下，上锁，没有郑重的再见，于所有人，都只是寻常的一天。

无尽闪亮的哀愁

1

KTV里,灯光缓慢地来去。从老到小,十几个人坐在沙发上,面前摆着一堆啤酒,没人打开,也没人唱歌,只有屏幕上自动播放的画面。明暗之间,灯光晃在一张张深沉的脸上。

在之前的饭店包厢里,他们刚给老太太过了八十岁的生日,除了庆祝生日,更实际的事情是探讨一下老太太养老的问题。老太太有两儿两女,老伴十年前去世了,留下一群羊和一些土地以及一间老房子,当时谈好的,这些都归二儿子,养老这事也就归二儿子。

二儿子家一照顾就是十年,不能说不尽心尽力。可今年春节,老太太和儿媳妇吵了一架,原因是儿媳妇偷偷花了老太太卡里的私房钱。儿媳妇生气了,说不伺候了。于是,四兄妹以及一些能赶得回去的孩子聚在了一起,谈谈接下来该怎么办。

谈判的实际内容就是翻旧账。从十年前、二十年前开始翻,芝麻谷子的事竟都能记清楚,好几次都差点撕破脸皮,还好有老太太过生日的气氛压着,没能撕起来,最后憋着火把这事谈完了。

老太太以后归大女儿养。老太太有地，承包出去不够用的话，其他兄妹就再摊点。本来大儿子也该养的，他这些年都住在别的城市，论孝心的话没尽到多少，可他永远有一屁股的烂事，最近那离了婚的儿子又进了监狱，留个孩子得他们抚养，再来个老人，那两居室的房子实在住不下。

小女儿嘴上最有孝心，每天在朋友圈和家庭群里表达对母亲的爱和思念，这次过生日也是她攒的局。但她也有难处，离婚多年，现在跟个没房子的男人没名没分地过着日子，就算她有心，老太太也不想拖她的后腿。

于是这老太太只能住在大女儿家了。大女儿也不是没有难处，她自己的三个女儿两个结了婚，后来又离了一个，回到家里后就得了抑郁症，怎么都治不好。最后请了尊菩萨过来，人家告诉她，请了就不能再送了，要供就得供一辈子。她说都行，为了孩子好咋都行。她不争不抢，逆来顺受，当年丈夫家想要儿子，她一连生了三个，中间还打掉过两个，可惜没那命，都是女儿。如今，老妈推到了她面前，她也受着，难受的时候就拜拜菩萨。

在饭店里，一切都谈得妥当，至少在表面上有了个圆满的结局。于是小女儿张罗着去唱歌，她喜欢一家人和和气气地在一起，可能是为了弥补自己婚姻的不圆满。

没人有心情唱歌，可也都碍于各种面子或照顾彼此的心情，就大部分去了，往那昏暗的房间里一坐，似乎便完成了一半的任务。

后来，勉强有年轻人唱了几首歌，也有人喝了几口啤酒，小女儿拍了段视频发到大家庭群里，没人回应。另外各自的家庭小群里还都在探讨之前饭店包厢里的话题，各有各的立场，各有各的埋怨。

老太太坐在角落，头上还戴着买蛋糕送的生日帽。她面无表情地看着前方，耳朵背，她什么都听不清，或许，她也不知道自己来这里干吗，以及这个生日为何过得每个人看起来都那么累。

她想起很多年前，老伴还没去世的时候，儿女们也都没搬进城里，农村老家一长串的四间房，每个节日或是普通的黄昏，灶台一起，烟火腾腾，一大家人围坐一桌，孩子多了后分成两桌，那时日子不算好过，可每张脸上都有笑容。

老房子前些年拆掉了，那里现在是个粮食加工厂，机器比人多，一整年都轰隆隆。

很多声音，在这轰隆隆里都被淹没了。

2

另一家KTV，在冬天的一间平房里，供暖要靠烧炉子，厚重的棉被挂在门前，挡风雪，也阻隔声音。掀开棉被进去，煤炉子的味道就灌进了鼻腔，本地人一闻，就知道炉膛里烧的是次等煤，烟多，烧不旺也烧不尽，可也不觉得奇怪。这几年家家都烧次等煤，就连煤矿都好久没产出优质的煤炭了，煤矿日子难过，这些靠着煤矿生活的人日子自然也就烟多火少。

KTV没有包厢，一个大开间，四张矮桌，一个小舞台，一块投影幕布，一台点唱机。啤酒两块钱一瓶，瓜子五块钱一盘，唱歌两块钱一首，好多年都是这个价钱。以前煤矿生意好时，人们赚得多，下了班也爱享受，这一溜平房都是KTV，除了唱歌，还能弄点别的节目，好不热闹。

后来煤渐渐挖空了，人们玩闹的心也空了。一家家门头暗了下去，外乡的姑娘一个个离开，只剩下这最后一个门脸还勉强撑着，像是不肯谢幕的长剧，或是没有出路的演员。

有三个人推门进来，一个高个，一个矮个，还有一个架着双拐，都是中年人，或是要比中年再大一些，在缓慢地往老年靠近。他们和老板都熟，老板是个正值盛年的中年人，对他们客客气气，管双拐叫哥，上啤酒和瓜子，还有一盘麻辣鸭脖。他给每人发了根烟，转过身的嘴角里却有嫌弃，或许是这点东西赚不到什么钱，或许是他们的身份让他瞧不上，或许是还藏着点别的什么。

三人抽着老板给的烟，一脸受用，不是烟多好抽，是老板给面子，这面子他们在别处或普通的生活里很难享受到。啤酒打开，三人对着瓶吹，咕嘟咕嘟就是大半瓶，然后点歌唱，小矮个跑去和老板小声讲价，多唱几首，能不能一块钱一首。看来今天是他请客。老板不乐意，咂咂嘴。小矮个回头瞅双拐，说给孙哥个面子。老板不想给，但又不得不给，似乎那双拐身上还有着大人物的余晖，他说行，唱呗，我也不搭啥，就搭点电字。矮个一连点了七八首，拎着麦克风递给双拐，说开个嗓，来个最拿手的。

双拐费了半天劲才支棱起来，走上小舞台，很豪迈地开口："五花马，青锋剑，江山无限……"

高个和矮个打拍子,闲聊天。一个说你听说了吗,矿区要搬了,要建新城区了。另一个说,能不搬么,这地底下都挖空了,我现在最怕的就是地震,一晃悠天塌地陷。一个说,听说搬过去之后都住楼房,面积和平房一比一置换。另一个说,那我家才十来平,有那么小的楼房吗?一个说,小总比没有强吧?

两人目光投向小舞台,双拐一首歌唱完了,还要唱下一首,却被切了歌。旁边新来了一桌人,也点了歌。按规矩,得岔开唱,你一首我一首,才不至于闹矛盾。

双拐坐回来,喝了口啤酒,两人把话题又接上,双拐听了,满不在乎,或许是装作满不在乎,说我就不信还缺我个住的地方?两人急忙恭维,或是宽慰,说那当然,孙哥当年要不是出意外,十套房也有了。双拐摆手,意思是不提当年勇,于是那当年的故事和意外就都淹没在了陌生人的歌声里,旁人嗅不到一二。

三人继续喝酒,啤酒像水,一喝就是五六瓶。虽像水,喝多了也迷糊。高个先熬不住了,说孙哥,我先走了,明天还有活。双拐疑惑,你都多少年没下井了?高个说下啥井啊,我在搬家公司留了个电话,有活时就喊我,明天要搬大件,死沉死沉的。

两人没留他,他说改天再喝,门帘一掀,人出去了。矮个去了趟洗手间,顺便把账也结了,老婆电话追过来,骂他狗头鼠脑的,还和瘸子在一起混,能混出啥玩意来?他不方便回骂,嘀嘀咕咕地说,回去说回去说,最后一次了,最后一次了。挂了电话,回到座位,还没开口,双拐就先说了,你也回去吧,有家的人和我这单身

北方以北

汉没法比，我是想玩多久玩多久。

矮个觉得双拐体谅自己，却因这体谅心里不是滋味，吹了剩下半瓶的啤酒，算是歉意，门帘一掀开，头也不敢回地走了。

只剩下双拐一个人喝着剩下的闷酒，旁边的一桌人倒是喝开了。他们穿着工作服，像是矿里新来的一批年轻人，管技术的，双拐听到几耳朵，好像是要开发新的矿种，开发成功了，矿厂就能起死回生。

原来，年轻真的就是希望。

年轻人们不再唱歌，让老板放舞曲，要蹦迪。

灯光一晃，一群人涌上了小舞台，胡乱地蹦着跳着。双拐目光迷离地看着他们，岁月一层层地在那灯光里后退，他吃力地支起身子，架着拐杖，也上了舞台，跟着他们一起摇晃，摇头，摇掉身上所有的沉重，以及这大半辈子一眼所见的失败。曾有过的光辉岁月，到如今，都是压在身上的石头，等待爆破。

如果矿厂真的能起死回生，一切萧条就将再次被热闹占据。这或许就是另一种时光倒流，那他这一副残破的皮囊也可以重回完好，枯木逢春。他这么想着，脸上就有了笑意。

一个年轻人身子不稳，撞到了他，他跌落下舞台，趴在地上爬不起来。

年轻人过来扶他，身后有同伴抱怨，瘸子蹦什么迪啊？

他的酒醒了大半，拿起拐杖，砸向了他们的头。

3

小兴安岭腹地，两座小城之间，没有火车，也没有往来的巴士，年轻人向当地的居民打听，才要到了一个黑车的电话号码，拨过去谈好价钱，司机给他说了个时间，又给了个定位，让他去那里等。

他按着地图找到，是一条高速路，铁丝网有个豁口，已经有两个人等在那里，看起来是一对老年夫妻，穿得利索，头脸像特意打扮过。过了一会，司机的车子停在了高速路上，他随着两人钻过铁丝网，跨过高速路的围栏，坐到了车子里。

司机轻车熟路，另外两人应该是坐过这车，和司机有些熟络，只有他对这一切陌生，新奇，也有着些微的恐惧。特别是车子再往前开了一点，手机没了信号。这双向加起来六个车道的公路上，只有这一台车子在奔驰，若有人起了歹念，他的尸体很多个年月都不会被发现。

但这惊恐很快就过去了。司机和老夫妻聊起了家常，说他姐家里都做好了饭，快端午节了，园子里的菜都下来了，弄点蘸酱菜，炸个鸡蛋酱，和姐夫整两口。光是说着话，脸上就浮起了饭菜进嘴的快感。老夫妻也讲起了今晚的老工友聚会，说那个饭店还挺好，每人一百五不知道够不够。

年轻人听得入神，肚子也饿了，跑来旅游好多天，没吃过几顿正经饭，想着一会到了服务区，得买点吃的。

服务区三十公里一个，车子停下来，他还没下车就觉得不对劲，停车场怎么长满了荒草，都是从水泥地面的裂缝里长出来的老高一截,再看那房子,是新式的建筑,却已破败得不成样子,没有一丝人类的气息。

他下车,犹犹豫豫地往里走,到了门前,玻璃门却上着锁,没有东西可卖。他就转弯去洗手间,洗手间里面倒是干净,是有人打扫的整洁。他用完去洗手,有个老头出现在镜子里,他吓了一跳,差点叫出声,老头却见怪不怪,拿着拖把慢悠悠地拖地。

他回到车里,问司机:这服务区为什么荒废?司机说没人来呗,你看这道上哪儿有车啊?又说,你看到那个打扫卫生的老头了吧?就连那老头也不是天天来,三天才来收拾一次,能遇见都算运气好。

老夫妻插话,听说以前不是他,是一个老太太,横穿高速时让车撞死了,你说多倒霉?一天也没几辆车,还能撞上。司机角度不同,说那司机才倒霉呢,谁能想到这路上能蹿出个人来啊?要是大晚上的,不得吓出心脏病?

三人说说笑笑一阵,车子下了高速,拐进一段乡道,在一间平房前停下,平房的墙壁上刷着两个大字"加油"。司机过去,和老板交谈,付钱,老板拎着个油桶过来,把油倒进了油箱。

司机回到车里。老夫妻问,在这加油缺斤少两不?司机说,缺不缺也不清楚啊,服务区里的加油站都停了,不来这加也没地方去。后座人感叹,你这拉点活也不容易啊。司机说没谁容易的,不是在这不容易,就是在那不容易。他透过后视镜看了看两人,说还是你们好,退休金拿着,歌唱着舞跳着,四处旅游着,不愁吃不愁喝的。

两人很受用,说我们确实是赶上好时候了,那时咱这啥都有,煤矿啊，石油啊，木材啊，就感觉怎么用都用不完。就说我们烧柴火吧，那破枝烂绊子的，扔家门口都没人捡，家家用的都是那老松木，油性可大了，不用报纸引，一根火柴就能引着……

司机说，现在不行了。只说这一句，就没了下文，咋不行了，谁都知道。司机又说，你们孩子都在南方吧？两人说是，在南方好多年了，但现在也不好混，压力大，我们寻思给他弄回来，找找人，进个事业单位，这一辈子就稳当了。

司机点了点头，又感叹，我咋没这样的爸妈呢。两人听不出这复杂的情绪，以为是恭维，或者就是恭维，他们呵呵笑了。

车子驶入小城，黄昏降临，一片温润的光。

司机问车里的人去哪儿。年轻人之前订了个民宿，老夫妻则直接去饭店，分别报了地方。司机说真巧，你们的地方挨着。

老夫妻问，小伙，来旅游啊？这地方有啥玩的？

他说顺路，就都逛逛。他之前查过，这个小城有个国家级的森林公园，爬上观景台能俯瞰林海，那是停止砍伐后被保护起来的森林，等待时光的修复。

他下车进了民宿。今晚就他一个客人，晚饭他就在民宿里跟着老板吃。老板小口抿酒，说我这周末节假日客人能多点，又说，这小地方人都走光了，最多时有十万常住人口，你猜现在剩多少？

他打折，说五万。老板摇头，竖起一根手指头，说一万都不到。

他透过窗户看外面一排排的楼房。夜幕里，只有零星几扇窗户亮着，剩下的黑暗里也曾灯火辉煌，只是如今不知把那灯火挪到了哪里，成为他乡的一丝光亮。

当晚，他想早早睡下，却怎么也睡不着。隔壁饭店里，老夫妻的聚会到了高潮。饭店的院子里有点唱机，一首首老歌就飘了过来，这一首激昂，下一首悠扬，仿佛他们一生的事情都可以唱进歌里。

也仿佛只要他们这一代的欢闹停下来，这座小城就要彻底地沉睡了。

4

我的老家在东北的三江平原上，那里黑土肥沃，农业发达，稻田蔓延到国境线。那里矿产林业也丰富，小火车一鸣笛，呼啦啦地运到全国各地。

在那里坐落着一座小城，几近无名，前些年，靠着一个广场舞蹈有了点名气，但现在大家也不怎么跳了，流行的东西都是一阵一阵的。近些年，隔壁城市因低廉的房价成了网红城市，它又沾了点光，共用一个机场，所以总被提到。可惜，它仍旧没有自己独到的光彩。

我以前对家乡没多少情感，和一个每天在家里待着的孩子一样，想着的都是外面更为宽广和新鲜的世界。如今在外多年，距离远了，倒是对它有了新的审视，如同旅行者一号即将飞出太阳系时对地球的回眸。距离的遥远让熟悉的事物有了新的意义。

我记得有个下雪的夜里，我和一个朋友坐在老家广场的台阶上闲聊。我们喝多了酒，并不觉得冷，身后广场舞的音乐也没能打扰我们。他问我，你出去这么多年了，还会想家吗？没人问过我这个问题，我想了半天说，偶尔会想，但更多的是另一种类似惦念的情感。他不理解。我说就是会时不时跳到一个高度去俯瞰这一切，会拿它和别的地域去比较，希望它不要比别人落下太多，也会对于它过去和今天的状况对比感到难过，有种近乎哀愁的情绪。

我朋友说，你可拉倒吧，喝点酒你就上高度了。我说你看现在很多描述东北的文学作品，里面都藏着这种残酷的哀愁和年代变幻的感怀。

他说和你聊不到一块去，你们写东西的就是爱伤春悲秋，喝多了你可以想这些，等酒醒了，你还是想想你儿子的学区房咋弄吧。

我笑了，不置可否。他却觉得我是在无声地反驳他，就来了劲，说你不是上高度吗？那我也给你上上高度。就咱东北这状况，你们写了又写，还真当新奇事物了？你们多看看历史，多有点国际视野，就会发现这是工业发展的必然过程。美国的匹兹堡、底特律，英国的伯明翰，德国的鲁尔工业区，不都这样吗？资源型重工业城市的衰退是时代发展必然要付出的代价，你有啥好哀愁的？

我说道理我明白，可是时代一定要这么发展吗？说完又觉得自己可笑，在享受着时代发展的发达和便捷时，却又质疑和指责这一切。这本是"环保少女们"该做的事。

那天我和朋友没有就这个话题再争论下去。我俩都有点饿，就去烧烤店吃了点小串，之后他老婆给他打电话，把他喊回了家。我也慢悠悠往家走，脑子里想着事，就走错了路，可我没有掉头，就在那条错路上继续走了下去。

我还在想着朋友的话，就因为有过雷同的地方，就没有了书写的必要吗？就因为他人也有过相同的命运，我们就不能再发出声响吗？而我所哀愁和惦念的，永远是一个个具体的人，他们活着的方式与轨迹。

历史进程的齿轮，势必要在每个人身上留下车辙。河流越过平原，泥沙成滩，所有的时代变化，都藏在细枝末节的生活里。

这就是书写和记录的必要。

雪还在下，我抬头看那路灯。雪顺着路灯的光源落下，颗粒分明，我心里涌动着一股凌驾于生活之上的感动。在这一刻，它们每一颗，都是我心中无尽闪亮的哀愁。

南方以南

Beyond the South

永无止境的迁徙

去年夏天，我的孩子出生了，在杭州的一家医院里。

出生后很重要的一件事是办理出生证明和户口。我是东北人，我的妻子是杭州人，不用多想，孩子的户口就跟着她落在杭州。江浙沪地区的便民政策做得很好，大多只需要在手机上填报就可以完成，但我还是觉得很烦琐，也是几天没睡好，一头蒙。好在医院的工作人员很负责，一步一步教我怎么在 App 上申报，怎么填写，一路弄下来倒也还算顺利，只是轮到填写籍贯的时候，我迷惑住了，这个籍贯要怎么填？工作人员说填写祖父居住的地方。

我刚当爸，一切关系和称呼都需要重新定位。脑子反应了一下才弄清楚，我儿子的祖父，那就是我爸，于是填写了老家的地名：黑龙江。

过了几天，我们带着孩子出院，户口本也拿到了手。我孩子现在是浙江杭州人，籍贯是黑龙江，天南地北，两个地方落在一张纸上，这让我陷入疑惑：我的孩子，在往后的人生里，应该也只会出于逢年过节探亲旅游等原因才会回到黑龙江，那这籍贯填写的意义是什么呢？

抱着这个疑问，我开始去网上搜索，得到以下信息：

> 籍贯是祖籍的一种表述，由于流动人口和人口迁徙，大量的人不知道自己的籍贯地或忘记了自己的祖籍地，所以籍贯是有备忘意义的。另外，籍贯对开展遗传咨询、基因分析及产前诊断，具有重要的参考价值……

原来这是一个"我来自哪里"的问题。于是我翻出自己的户口本，我的户籍所在地是黑龙江，但我的籍贯上写着江苏，那是我爷爷的出生地，我从小就知道，但没有问过为什么。长大后也很少踏足那片土地，甚至没有幻想过我爷爷在那里有过怎样的生活，又是何种原因迁徙去了遥远的东北。

于是，一个疑惑串联出另一个疑惑，但我爷爷已经去世多年，我只能从各方家人的口述中拼凑出一个概况。

1959年，我爷爷二十出头，孤身一人离开江苏老家，一路向北，出了山海关，进了东北地区，在沈阳一带做过一段时间的铁路工，后又接着北上到了黑龙江鹤岗，就是那个现在以低廉的房价闻名全国的城市。

当年的鹤岗也很有名，煤炭储量巨大，整个城市几乎就是因为煤炭而兴起的。我爷爷在那里很快就找到了一份工作，成为矿工，有了稳定的收入,也租了房子,之后经人介绍,认识了刚从山东跑过去寻亲的我奶奶,两人组建了家庭。

这是我爷爷初到东北的第一个阶段,脉络还算清晰,却也因由不明。他当初为何一个人突然北上,这些家里人也说不清楚,且并不好奇,只觉得那是一个遥远的事情,发生就发生了,如盘古开天辟地是故事的开始,人们对盘古为何开天辟地却从来不问。

个人原因找不到直接的答案,我就试着从宏观的历史进程来解惑,首先跑进脑子里的词汇便是闯关东——"由于中原人口增长和自然灾害连年战乱等原因,人们为了生存闯进关东,数年间人数多达两三千万,那是中国历史上一次巨大的人口迁徙"。

可我马上又否决掉了这个想法,闯关东发生的年代在清末民初,九一八事变后几乎停止。这一段历史和我爷爷的年代相去甚远。

接着,我查到了一份报告,《1949—1980年"闯关东"定居性移民群体研究》,这份报告指出,在1949年—1980年间流向东北的移民群体可以分为两类,一是上山下乡的知青群体、支援东北建设的工人群体;二是举家迁移的农民,他们基于自愿的情感,突破当时严格的户籍管理制度,想来到这里寻找一片能种植和扎根的土地。

我爷爷肯定不是第一类,这群人在1980年以后,在政策的支持下,基本返回了原籍。那我爷爷属于第二类吗?似乎也不是。他独自一人来到鹤岗,虽然成了矿工,可并没有取得新的身份,也没能分到土地。

南方以南

后来我偶然在姜淑梅的一本书里看到，1960年左右，她和家人从山东跑盲流来到东北，从而艰难安家的故事。就又去查找了一下有关那个年代的跑盲流记录。

在1959年到1962年，国内遭受了严重的粮食危机，大批群众外出逃荒求生，有一大部分涌入了东北。当时对这些盲目流动的人员，东北话戏称为"盲流子"。

我觉得这和我爷爷的经历很像，并从我妈那听说过的只言片语里得知，我爷爷讲过，他当年是挑着挑子，大多步行、偶尔搭车到了东北。这一切似乎就对上了。

到此，对于我爷爷为何来到东北以及他的移民属性，我已经分析出了大概。

日子继续向前。我爷爷和我奶奶结婚一年后，我父亲出生，我爷爷也在煤矿站稳了脚跟，通过托人找关系等手段取得了鹤岗的城镇户口。但日子并不平稳，煤矿发生了矿难，我爷爷被埋在矿井底下四天，身旁的工友死了大半，他侥幸被救出，逃过一劫。

再接着，我爷爷离开了煤矿，离开了鹤岗，带着我奶奶和一岁的我父亲，来到了佳木斯附近的一个小村庄，迁移了户口，购置了房子，分到了土地，成为农民。

他一生和我奶奶生了六个儿女，死了两个，还剩四个平安长大。子女们继续开枝散叶，他有了一大群子孙，我就在其中。

对于他曾经从城市搬到农村的事情，我早有耳闻，当时也没有太多的感触，后来逐渐长大，才发现农村户口相较于城市户口，在很多事情上有着诸多的限制，造成太多实质性的不便利。

当我兴起转户口的念头时，便又想起了我爷爷。在二十世纪六十年代初，那个时候户籍的差异性要比现在大得多，他肯定明白其中的利弊，可为何仍果断地放弃城市户口来到农村呢？这又是一个新的疑点。

我首先想到的是个人因素。那场矿难给他留下了严重的后遗症，他无法再从事下井的工作，才辞职离开。可细想也不全面，因恐惧离开煤矿可以理解，直接离开城市就有点没道理了，他完全可以再找一份工作，不干煤矿还有铁矿、金矿。东北林业发达，伐木也是一条出路，农场土地广袤，常年都在招工。他能在煤矿迅速站住脚跟，说明还是有些智慧，那其他这些应该也不会太难。

我抱着这个疑点询问了我的奶奶，她八十多了，脑子糊涂，有点阿尔茨海默病初期的症状。她说也不知道啊，就是领导来谈话，谈着谈着就谈去了农村。

我奶奶一生不识字，家里的事全听我爷爷的。她或许有疑问，可不懂的太多，也不敢反抗，就默认了这个结果。

我只能再去历史资料里找原因，最后在《八次危机：中国的真实经验（1949—2009）》那本书里，似乎找到了答案——

> 政府通过动员城市人口到农村去生产自救。允许小农村社制的传统经济从服务于国家产业资本的高度集体化的经济中退

出,允许以村落为基础建立生产核算单位……

我爷爷被动员去了农村生产自救,从此扎根农村,人生也就此转了向。虽然他后来当过生产队长,开过砖厂油坊,也放过漫山遍野的牛羊,但最终都没能再改变农民的身份。

然后几十年过去,他归于尘土,不再对这个世界有任何影响,也不会再被这个世界影响。

牛津大学人类学教授项飙说过一句话,"把自己作为方法"。他说个人经验本身并不是那么重要,把个人经验问题化是一个重要的认识世界的方法。我们关心的是世界,不是自己,关键就是从哪里开始了解这个世界,同时也更好地了解自己。把自己的经历问题化,就是一个了解世界的具体的开始。

我此刻就在这么做。从自身的一个疑点——"籍贯"两个字出发,对于祖父的前半生有了个笼统的探寻,得到个不再疑惑的脉络,也得到了一段段不曾明晰的历史,算是完成了一次从自我到世界的抵达。

可我还想再多说一点。

六十多年前,我爷爷离开江苏的老家,跑去东北生活,但他心里一辈子都没离开故土。他住在东北,却最喜爱江南,甚至给我大哥起的小名就叫杭州。

六十多年后,江浙沪成为一体化的发达地区代名词,我离开东北，在杭州定居，我的孩子出生就有了杭州户口。花了一个甲子的时间，画了一个圆圈，我们这条血脉终于又回到了曾经的故土。

我常想着这只是一个巧合，或是我受了祖父的影响，对于江南也有偏爱。但又发觉，我和年轻时的祖父其实是那么的相像，都是离开家乡、离开故土，去一片更欣欣向荣的地方寻找一条更好的出路。

当年东北有土地，有石油，有林业，有矿产，有最完备的工业基础，所以没了活路的人们趋之若鹜，只为讨得一口饭吃。

最近二十年，石油没了，林业休整，煤矿挖空，除了广袤的土地，似乎啥也不剩了，于是千千万万的人选择离开。

这些从东北走出的人，很多如我一样，很少能再回去生活。或许等到多年后回头看，这又是一次大的人口迁移，会进入课本，会被具体研究，会发现迁移的人们的目的地不再相同，不是在山海关之外，而是散落在全国各个发达的经济圈里，甚至有些跨出了国门。

从经济学的角度来讲，一切现象的背后都是经济原因。从《八次危机》那本书里也能看出，所有我们看到的历史事件呈现的表象，背后贯穿的也全是经济问题。知识青年上山下乡是，农民土地包产到户是，国企改制工人下岗也是。

而所有的经济原因，归根到个人身上，其实都可以简化为混口饭吃。在这一点上，人和动物一样。

纪录片《众神之地》里有一集是讲述东北虎的。在1998年，中、

南方以南　151

俄、美三国的科考队在黑龙江和吉林一带展开调查，得出一个结论：在中国境内的野生虎几乎灭绝。原因是栖息地被过度采伐、开垦，经年累月的过度猎杀，以及盗猎导致的食物匮乏。于是这些东北虎都通过珲春的边境迁移到了俄罗斯。

之后中国开始实施天然林保护等林业重大工程，大幅度调减东北重点国有林区的木材产量，加强生态公益林培育。同期实施的还有退耕还林还草、野生动植物保护以及自然保护区建设等工程。

当人类做出改变，自然就给予回应。2010年，第一只母虎踏过中俄边境，回到了国内，之后又有一只公虎选择了归来，和母虎繁殖，生育。隔年，科考队的红外线摄像机拍到了母虎带着虎宝宝觅食的画面。

再之后，十多年后的现在，东北的森林里开始频繁捕捉到虎群的踪迹，这片本来就属于它们的山林终于归还给了它们。

为了生存，为了填饱肚子，为了体面的工作，为了改变命运，为了更好地活着，于是人和动物只能不断地寻觅，不断地告别，不断地迁徙。

这是作为生物的命运，无法摆脱，也没什么新奇，且永无止境。

夜里无星

前些年的一个十月，我从北京开车去外地参加一个不太熟的朋友的婚礼，喧闹之中多喝了几杯酒，那不熟也就被催熟了。一群人吵吵嚷嚷，起哄打闹，仿佛要把这辈子的欢都在今天撒尽了，觥筹交错之间，人生的虚无感又添了几分。一直到第二天，耳边的熙攘之声都没散去。我走出酒店，看着门前没清扫干净的鞭炮屑在秋风中飞舞，萧瑟感陡然袭来，最后一丝酒意也随之散去，朋友在我心里又恢复到了不太熟悉的境地。

我给他发了条信息，说自己先撤了。开车往回走，差不多开了半个钟头，迈速表就慢了下来，大量的车子出现在前方，把道路拥堵得像一片待收割的甜菜地。国庆假期将结束，人们蜂拥地挤回自己的生活，生怕慢一点就被关在了门外。

我点了根烟，焦躁地等在原地。三五分钟，车子才能往前挪动一小段。我的胃率先失去了耐心，翻腾着痛，我翻出两粒胃药吞了下去，稍有缓解，可下一阵，饥饿就涌了上来。

我无计可施，车子里空空，没有储备食物的习惯，只能无助地探头往前望，车尾连着车尾，都是无法正面迎击的挫败感。再看导航，之前只剩三小时的路程现在变成了五小时，前方漫长的红色线条是一场考验耐心的遭遇战。

车子又往前挪动了一小段，我看到了路边的指示牌，直行是北京，右转下高速是一个小县城。我多瞄了一眼，便觉得那小县城的名字有点熟悉，稍微细想了一下，好像有个朋友就住在这里。我没有过多犹豫，便靠到了右侧车道，然后又排了一小会，劈开车流，一路驶出了高速。

到国道上，一片稻田就落在了身边两侧。道路如一条拉链把这金黄分割成了两块，一路开合着向前。因为空旷，我的焦躁和饥饿都减轻了一点，才又琢磨起了我那个朋友，好遥远，遥远到都快忘记他的模样了。

十年前的日子如微弱的烛火。我那时刚开始工作，在一家建筑公司做工程内业。公司把我分配到甘肃和宁夏交界的一个项目里，那本是一片荒山，刚刚发现了煤矿资源，能源公司进驻，建筑公司涌入，一排排的工程运输车把黄砂石路跑得烟尘四起。

公司在靠近山体的一侧建了一排临建房。我算是办公人员，分到了一个单间，小到只能放下一张床和一张桌子。每当窗外的铲车或压路机驶过，整间屋子都跟着颤抖。很多个深夜，我都被那颤动颤醒，在分辨过不是地震后很难再入眠，便趴在窗口，看深夜在施工的井房，看荒野的星空清澈又清脆，看被搅拌机轰鸣扰乱的黄土高原，一柄柄洛阳铲正插入腹地；一条贫穷人家的狗在啃食草丛，它被拴在机井水泵的旁边，看守着我们的饮用水源。

我对这接近蛮荒的生存环境一时很难适应，与新同事相处也找不到方法融入，日子过得就多少带了些苦闷。于是大多数时间，我独来独往，常在晚饭后趁着暮光没散尽时在一边是山坡一边是悬崖的小路上闲逛。这样一来，在旁人看来，我就成了性格古怪的人，喜欢独处，不好接近，我也懒得去迎合和解释。

我的工作有一项内容是收集施工材料的合格证。我那天在做表格的时候找不到电线的型号和证书了，便去询问项目经理，项目经理让我去找电工要。

我去工人宿舍，到了门前，看有个青年男人在抽烟，他说里面人都在睡觉呢。我才想起来此刻是午休，扭身想走。他却又问我，来干啥？我把诉求说了。他说哦，我就是电工，但是合格证之前都没留着，全都扔了。我说那你以后帮我留着吧。他说没问题，然后丢下烟头，转身也回宿舍睡觉了。

几天后，我在屋里坐着看书，有人敲门，门打开看到是那个电工。他说找了半天才找着你的屋子，你这屋子咋小得像狗窝一样？我说至少是个单间，比你们大通铺强。他从兜里掏出一沓合格证，因腰间挂着各种工具，身子一晃叮叮咣咣的，说你看这些够吗？我接过来，说够了够了，谢谢你。他说客气啥啊，不够再和我说。然后转身就走了，仍旧是一路的叮叮咣咣。

从这时开始，我俩算是认识了，之后在工地上遇到，都会打声招呼。我因为合格证及电线检测等事情又麻烦过他几回,我对于给别人添麻烦的事情向来小心翼翼,他却大大咧咧地都当作小事一桩,反倒显得我有些矫情了。

后来某次夜里打混凝土,我要等着做试块,他等着下预埋管。可混凝土罐子出了毛病,在修,我俩只能抱着胳膊干等着。那时已是秋天,草籽在结,月亮底下的凉风刮得人直打哆嗦。我俩就躲到水罐车上,找了两件司机的军大衣披上,有一搭没一搭地说话。

他爱讲自己的老家,河北山区里的一个村子。每到春天,打工的队伍就出发,是前一年冬天男人们就约定好的行程,有时知道去哪儿,有时走到哪儿算哪儿。这么一走,村子里的男人就几乎空了,要等熬过四季,男人们才会在冬天揣着钱或失望回来,再把村子填满。

他普通话不太标准,带着些河北的口音,有时候他多说了几句,我要再多问一遍才能囫囵地听个明白。听得越明白,也就越把这人看得清楚。他十几岁开始跟着堂哥出来打工,不想只做力工,出的力气最多却赚得最少,于是跟着个师傅学起了电工。

几年下来,北京、青岛、郑州几个大城市他都去过了,可也像没去过一样。工地就是一座城中村,一头扎进去,和外界那些光鲜的楼宇及城市风情都没瓜葛。把一处荒野建筑得体面了,也就该离开了。

走过几座城,几座繁华在身后蠹起,自己一身的本事也内化完成,世道推着他离开师傅,开始了自己的路途。一栋建筑从地基挖起,九曲十八通，明线暗道都铺陈在心里，电闸一推，所有的灯光亮起，他的事就做成了。

工程验收时，他伫立在楼前，看灯火辉煌，有种说不清的成就感。故事里常说的万家灯火，原来是他这种人一根管一条线穿通的，稍有差池，谁家的光亮就该暗了。他好像握住了别人幸福的命脉。

那夜搅拌机是在快凌晨时才修好的。我俩打了个哈欠下车各忙各的，我把混凝土装进做试块的模具，用根钢筋不停戳着、震动着，这样能密实一些。这机械的动作很无聊，便抬头看天，月亮太亮，看不见星星，心里却盘算着，算是交上了这么个朋友。

从那以后，我俩经常会凑到一起闲聊天。他说得多，我听得多，相比于他的各种百态见闻，我所经历的人间就稍显无趣。工地的生活大多也是无聊无趣的，始终秉持着古老的农耕作息，看着日头做活，漫漫长夜就需要打发。工人的宿舍里，几十个男人分成五六伙，打牌的吆喝，喝酒的更能叫，一群人就是一个小圈子，烟雾缭绕，滔滔汩汩。

他不爱玩牌也不爱喝酒，那嘈杂的小社会里没有他的归属，于是时常来我房间闲坐。我说你这回不嫌我这狗窝小了？他就笑着说狗窝再小也是窝，比我们那大通铺强得多。

我房间里有一些书，都是我偶尔去县城时买回来的，他便也挑一本翻着看看。可总是看几页就没了耐心，嫌我的书不好读，不如故事会精彩。我懒得和他辩驳，又打开电脑写东西。我那时开始试着写一些文字，但也都不成形，没规矩，都是想到哪里写到哪里的一些零碎心情。

他抢我的电脑要看，我不给。他说咋还磨不开面呢？我说是拿不出手。他嘿嘿笑笑，两手交叉在脑后，躺在我的床上，说你这种人在我们那叫作有内秀的人，功夫不在表面，都藏在脑子里和心里。我说那你呢？算吗？他说我不算，我不上不下，就卡在中间了，所以怎么待都不舒服。

我俩那时常常一聊天就到后半夜。从我的窗口能看到工人宿舍的灯都熄灭了，他才会回去，一路吹着口哨，把那看水井的小狗逗得汪汪直叫。荒原的夜，因这几声狗叫，倒显得更寂寥了。

我的车子开过那一片稻田，进入了山丘腹地，秋日的群山露出些苍劲的峥嵘，道路也开始蜿蜒兜转。我掏出手机给朋友发消息，几年前加上的微信，拢共也没说过三五句话。我问他：你在哪儿？问完才反应过来，他或许不在家，这个时候，还不是打工者回乡的时节。

片刻后，他回了我，说在家。我心想撞上运气了，就说我快到你们县城了。他的电话直接打了过来，声音挺激动的，说真的假的？我说骗你干吗？他说你在哪儿？我去找你！我说好的好的，我发你定位。挂了电话，我把车子靠边停下，找了家饭店发过去，说一起吃个饭。

小县城不大，东转西转就看到了尽头。我先到了饭店，找了个小包厢，坐在里面点好了菜，然后用生锈的水壶烫了烫杯子，一边喝水一边等他。

手机响了几下,他说他到了。我去门口接他,远远看他推着摩托车过来,戴着个墨镜。我冲他挥挥手,他冲过来和我握手,手掌厚实而粗糙,触摸一下,就能碰到生活的底色。他上下打量着我,说你没咋变啊。我说你好像也没变。他笑着说老了,然后摘下墨镜,记忆中的一双大眼睛现在却眯眯着,有点睁不开的样子。

我带着他进了包厢,两人对坐,中间隔着一张木桌,也隔着快十年的光景。我问你家离这远吗?他说骑车半小时。却又像怕我去他家看望似的,补充了句,我家环境不好,要不就叫你去家里吃顿饭了。我只好说这次来回挺急的,下次再去你家坐坐。

菜陆续上来。我饿了,动起了筷子,让他也快吃。他却很拘谨地看着菜,说咱俩点这么多干吗?我不知是不是多心了,觉得他是怕结账时钱多,就赶忙说咱俩这么多年没见,请你吃顿饭那不得多点两道菜?他笑了。我说要不咱俩喝点?他说我骑摩托车倒没啥,都是乡下的道,你开车能行吗?我说没事,我今晚又不走。

他不胜酒力,喝一点下去脸就红扑扑的,指着自己的眼睛,说这眼睛是干电焊弄的,那光太晃眼睛,时间一长就睁不开了。我说你不是做电工吗?怎么改做电焊了?他说两个都做,为了多赚点钱。他抬起脚,给我看他的布鞋,鞋面都要磨破了。他说这是他媳妇给他做的,都穿三年了。我说你干两个工种,赚得应该不少吧?他说还行吧,但是得养孩子啊,老大上小学了,老二也马上要上幼儿园了,得给孩子攒钱啊。

南方以南　159

我点着头，说理解理解，又问他今年怎么没出去打工。他说去年倒霉，在内蒙古盖房子，工地有个人喝多了偷电缆电死了，非赖在他这个电工身上，老板也不讲理，最后扣了半年的工资，加上来回路费吃喝花销啥的，一年白忙活；今年正好家附近有活，就没出去。我念叨着他的不容易，又给他倒酒。他问起我的生活来。

我当年在西北随便写的那些东西，投稿出去竟中了，随即发表了几篇文章，之后接连行大运，签约了图书公司，出版了图书，卖得还不错，就辞去了工作，搬到北京专门从事写作。再后来出版行业越发不景气，便又顺水推舟地进入影视行业做起了编剧，上映了几部作品，也算小有成就。

这些经历说起来头头是道，听起来也顺风顺水，但其中的艰辛与难熬只有自己能品尝。可面对我这个老朋友，那电焊光打坏的眼睛、粗糙的手掌和穿了三年的布鞋，我的这些艰苦都变得不值一提，或不该被理解。

于是我只是说运气好，老天没为难我。他眼睛又眯了眯，是笑容，说我早就说过你有内秀，你小子行，真行。

那天我俩都有点喝多了，我去结账回来，看到他在打包菜。其实也没剩什么菜了，只有一对鸡翅没吃，他装进了塑料袋，有点羞赧地看着我，说拿回去给小孩吃，小孩爱吃这玩意。

我本来想说再要一份吧，但这话没说出口，怕伤害他也是怕他为难，于是便迎合着说，是，丢了怪浪费的。

我俩出了饭店，夜降了下来。他摇摇晃晃要骑摩托车，我一看这不行，路上非出事不可，便阻拦他，硬拉他到了附近的宾馆，开了个标间，陪着他喝了会茶。我去洗手间，再回来，他已经倒在床上睡着了。

我酒还没醒，便下楼去散步。小县城灯火通明，路上却行人稀少，我漫无目的，想着右转右转再右转，肯定就能转回来。可世间的路从来都不是规矩的，也不是四平八稳的，兜转几下就迷了路，又用手机导航才走回来，酒已醒了大半。

我站在宾馆门前抽了支烟，秋风抢走了大半，看到他的摩托车车筐里有什么在飘动，靠近过去，看清是那装着鸡翅的塑料袋，被风吹开了个口子，那鸡翅躺在里面干瘪无色，看一眼就是凄凉的味道。

我把鸡翅拿出来扔掉，又去附近超市买了些小孩子爱吃的零食，塞进了车筐里，然后回到房间，倒在另一张床上。剩余的酒意袭来，我看一眼没拉紧的窗帘，夜里仍旧无星，和多年前西北高原的夜，没什么分别。

寒风都是一瞬之间侵袭的，夜里下了薄薄的一层雪粒子，黄土高原的冬天，除了贫瘠，终于又添了些萧瑟的味道。一入冬，整个工地都面临着停工，工长带着工人们，在做入冬的混凝土养护，把一堆堆的泡沫粒子，堆积在混凝土地基上，那泡沫轻盈，随风翻飞，很快就和雪粒子融在一起。

我还有很多资料要处理，所以比工人们晚放假。他作为电工，又可以比力工们早走一些时日。于是分别紧赶慢赶地到了眼前。其实只认识这么几个月，要说有多大的情谊也谈不上，只是年轻时的情绪容易放大，心思也比较纯粹，就让这情谊厚重了几分。

他领了一年的工资，临走前夜说请我吃饭，距离工地十几公里外有个小镇，那里开着几家小饭店，他借了辆摩托车，载着我一路颠簸着就去了镇上。选来选去，最后进了家烧烤店，他说暖和。

低矮的炉子端上来，炭火就映红了脸。外面的雪粒子又飘了起来，小饭店窗户漏风，呼呼地往屋子里灌，我们也无处可躲。

肉滋啦滋啦地烤熟了，我俩就着两瓶啤酒慢慢地吃着，他又说起老家的情况，父母的老房子倒了一半，回去要张罗盖房子，直接盖得大一点，能把媳妇也娶回来。这事不能再拖了，再拖就拖黄了。盖房要花很多钱，他手里的钱还不够，寻思着先把框架垒上，里面再慢慢弄。

做电工几年，他的生活应该比从前有所改善，但仍旧是艰辛的底色，给那么多房子通上了光亮，自己家的这一间却不知何时才能亮起。

但他并不过多地忧愁，还是对生活抱着很多美妙的幻想。我那时也一样，对于当下的工作很不满意，可也不知道该如何突破，却也不太焦急，心里总有着莫名的笃信，笃信未来会变得很好。

可能年轻人都这样，对于未来总有着深沉的期待和肤浅的焦虑。然后日子老去，这两样就调换了位置。

那天吃饭到最后，他说明年可能不会来这边工作了。这话一出，咀嚼的食物里就有了离别的味道。虽说通信方便，但世间浩大，人们都在忙着自己的生死，没有什么具体的事，根本不会刻意去见面。

但炉火正旺，不太适合说这些薄情的话，便心虚着说以后有空就去看望彼此，然后还说了些好好混、以后投靠你之类的话，都是看似走心实则客套至极。

那天我俩都喝得稍微多了点，结账时我偷着把钱付了，他埋怨了我几句，一直嘟囔着，瞧这事弄的，瞧这事弄的，那你以后一定得去找我，我请你吃饭。我嘴里答应着，却觉得一顿饭这种小事情，没什么好惦记的，说得越多倒是越显得小气了。或许也不是小气，只是在每个人心中的分量不同吧。他经历过生活的难，就知道金钱的可贵，而我在这社会初入场，看到的全都是前路辽阔，还未曾筹谋后路，对金钱的处置就随意了一些。

隔天，从十年后的酒醉中醒来，房间的另一张床空荡，朋友早已离去。我打开手机，看到他给我留的言，说去工地上班了，下班再来找我。我又翻其他的信息，看到工作上有急事要我回去处理，便回给他，说有事要回去，以后有时间再来看他。

我开着车子离开，再次穿过那片金黄的稻田，上了高速。这回不堵了，头顶是一整个秋季深邃的蓝色，是我们命运路途中少有的晴朗，我把车窗按下来，风就刮在了脸上，有种轻微的痛感，我那时想，其实我们相隔也不远，有空还是要多来看看他。

然后日子轻飘，一晃神，又是几年过去。

这几年间我们的联络比之前频繁了许多，虽不会常聊天，但每隔几个月也会说上那么几句。我整理物品或是辗转搬家，很多打算扔掉但又觉得可惜的东西，都会拍张照片问他要不要，然后邮寄给他。背包他说正好给儿子当书包。鞋子他说自己能穿，如果再大一号就刚好了。凉席他说捆一捆拿工地睡午觉最舒服。一些衣服他都说可以干活时穿。

后来邮寄东西成了惯性，他可能觉得不好意思，就让我别邮了，说我有些邮过去的东西都是新的。我无法说出那些东西就是冲动消费、买来了也不想用这些话，怕他听了不舒服；也怕他觉得我是在说谎，用善意伤了他某种自尊。于是我老实地听话，不再邮东西给他。

后来某一日，他突然给我打电话，问能不能借五万块钱给他，说他要在县城里买个房，想把孩子转到县城里来读书，首付还差一点。我这些年花钱大手大脚，积蓄虽有一些，却用时方恨少。那段时间，我和女朋友正在筹谋买房结婚，在人生大事面前，钱包总是捉襟见肘。但我还是答应了把钱借给他，只是答应后又把自己的情况说了下，并叮嘱等你有了钱，一定要还我。他说好的一定。

挂了电话后，我就去忙自己的事情了，几天后才想起来，他一直没把银行账号发过来。我发信息询问他，他说那个房子房主突然不卖了，所以就不着急用钱了，等以后用的时候再和我说。

我盯着那文字，一时难辨，不知是房主真的突然不卖了，还是他的心境作祟，我那最后的叮嘱让他难受了。我很想打个电话过去问个究竟，但最后也不知道是什么事给耽搁了。

往后日子匆匆，我搬离北京，在南方的城市买房安家，仍旧写书写剧本，出书了还是会给他邮寄一本。我们几乎很少再聊天，逢年过节才会彼此问候一声。他不太发朋友圈，境况我也不太了解，没有坏消息，就都是好消息。或许大多数人的人生就是这样，没有大起大落，在自己和世界约定好的圆圈里兜兜转转。

去年秋天，我因有些事情去了他家乡的省会城市，到了后就给他发消息，说我来了，你在家的话，我明天去找你。他当时没回我，我就忙自己的事情去了。当晚吃过饭，在别人的推荐下，去看了康熙大典实景演出。

演出很震撼，山高水绕的实景和后期的布景融在一起，真实的马匹跑过时，那扬起的灰尘连马粪味都能闻到。

康熙的一生壮阔，偶有的点滴柔情也都融在了万丈的豪情里。他在人生的壮年里问教自己看天象的老师，你说人死后会变成天上的星星，那秦始皇是哪颗？汉武帝是哪颗？唐宗宋祖是哪颗？而我最爱的额娘，又是哪颗？

天象师回答不上来，那漫天的繁星也跟着沉默了。

演出到最后，康熙在渐渐收拢起来的山色里转身离去，走远，化作一条龙盘旋在了巨石上。他并没有变成一颗星，没有人能得到永恒，再伟大也不能。在一片新的歌舞声里，观众起身离席。

我坐到最后才走，临走前电话响了，是朋友打来的。他说手机落在宿舍里了。我问他在哪儿？他说他不在家，在甘肃，但不是当年那个工地，是在它几百里外的一个新煤矿。

我问那里有啥变化吗？他说好像没啥变化，工地不都差不多嘛。他突然感慨，说十多年前咱俩在甘肃认识，十多年后我还在甘肃，我有时夜里睡不着，闭上眼睛脑子里放幻灯片，这十来年一幕幕的，像发生了好多事，可一细寻思，又像啥都没发生似的。

我听了五味杂陈，一时不知道说什么好。

他就转了话题，问我这次来干吗。我粗略讲了讲，他说哎呀，我也听不懂。我就说起我刚看了康熙大典的演出，问他之前看过吗？他说那个演出场地建设时，他在这干过活，但一次都没看过。我说那你以后回来了可以来看看，挺好看的。他沉默了一会，说我可能看不着了，我常年干电焊，眼睛坏掉了，里面长了点东西，要做手术，做不好的话，以后就啥都看不着了。

我心里难受，说你别说这话，现在医疗技术好，几乎啥病都能治好的，癌症在中国都成了慢性病。

他沉默了片刻，说你以后多出去走走，该看的就多去看看，就当替我看了。

我突然不知说什么好，想起多年前在甘肃的那个夜晚，我俩离开烧烤店，十几公里的回程路，他照旧骑着摩托车载着我。山路蜿蜒，我也并未因他喝多了而感到恐惧，可能是自己也喝多了吧，便只能感受到山风浩荡，苍穹挂着亿万年前的繁星，把人类命运看了个千千万万遍。

然后车子驶过很多路口，我们的人生就分了两边，从此各有山水,各有难堪。

我回过神来,说你现在在室外吗?你抬头,能看到仙后座吗?就是几颗很像W的星星。片刻后,他说看到了,好像看到了。我说我也看到了,看,我们能看到的东西其实是一样的。

他淡淡地说是吗,原来是这样,真好。

你看世间朗朗有光照

新家在小县城,街面热闹而灰破,早起和黄昏都有市集降落在街两旁,总是一觉醒来就吵吵嚷嚷,夜深了还有蚊蝇绕着灯火。这市井从来都不知何时铺陈,也不知何时收起。但也无妨,日子向来都是掐头去尾的。

我多年伏案工作,颈椎不舒服就成了老毛病,所以每换一个新的住处,都会第一时间去寻找推拿按摩的店面,这次也同样。

小区对面有家大超市,超市的两旁错落着多家按摩的小店。每当下午,小店门前便有女人坐在那里,百无聊赖地嗑着瓜子,眼神空洞地看着某个虚处,似乎对一切都失去了兴致。

这样的店,我是不进去的,她们或许有好的手法,但治疗不了我的颈椎。只是排除这一部分后,其他那些门面素色的店,就没那么好判断了,要一家一家地去拿身体做实验。

头一家进去的,一楼有一排足疗椅,客人挺多,男女技师都有。有客人喝多了,吵吵吧火(说话声音大),女技师笑他脚底板厚,客人说老子是长途货车司机,小妹爱旅游不?爱就带你走。又是一阵嬉笑。

我被老板安排到楼上，房间里就我一个人，来了个男技师给我按，手法中规中矩，不爱聊天。我和他讲我颈椎难受的地方，那地方在颈椎的四、五、六节处，靠左，要用手法慢慢推，不能上胳膊肘。这是我久病成医的经验。他倒是听话，可就是找不准位置，手法也不对，指甲扣得我肉疼。

这时门推开，进来个女技师，坐在一旁和他闲聊，两人看起来关系密切，有可能是夫妻，也有可能是在外打工的临时夫妻。两人用乡音聊了些有的没的，我能听懂一半，大概是讲一些店里抽成的问题，后一半没听懂。

接着两人换成普通话，说起我难受的部位，男的说他抠不到位置，女的说换她来试试。她搓了搓手，上来一按，就找准了位置，问我对吗？我忙说对对对。她就继续按，说这种位置难受的客人她接触过好几个，我一说，她就明白了。

剩下的时间，就是女人来给我按颈椎，但男人也没闲着，他给我按腿。我心生奇妙之感，为何一次按摩变成了四手联弹？这奇淫巧技，我以为我赚到了。

可两人外出打工多年，也都是精打细算之人，两人弹了半小时，就说按摩时间到了，一个人一小时，两个人按的话是半小时。两人让我躺着休息一会，就拍拍手离开了。

我躺在那里，琢磨着自己是吃亏了还是赚到了，可也细算不清，但不管怎么样，我觉得这个女技师手法还是可以的，于是打定主意：

下周还来找她。

到了第二周,我的颈椎跟个闹钟似的准时开始难受,我来到店里,点名要那个女技师,老板却说她不干了,和男技师一起走了。我愣了片刻,想起那天两人的谈话,前半部是抽成有问题,后半部应该就是商量着离开。我略感失望,老板说我给你介绍新来的女技师,保证比她按得好。

于是我噔噔噔上楼,半小时后又噔噔噔下楼。新来的女技师,刚学徒出来三个月,手法约等于无,却学会了满口的推销,"药之不及,针之不到,必须灸之",她劝了半小时让我艾灸,我听得心烦,起身走了,但还是付了一个钟的钱。这回我清楚地知道,我是亏了。

再去另一家,这一家一楼空旷,只有一个吧台,有个女人坐在里面看古偶。我说按摩,她抬头看了看我,指了指楼上,我就听指挥地往楼上去。

一个胖胖的女技师接待我,把我引进房间。我一看,屋子里只有两张足疗椅子。我说我按后背,没有床吗?她说原来有,最近都撤掉了,派出所不让我们店放床。我说为啥啊?她说怕我们店不正经呗。她说得这么坦然,倒是把我的疑虑打消了。我说可是我要按背,这怎么趴啊?她说把椅背放下就行了。然后拿起一个遥控器,一按按钮,椅背倒是悠悠地放平了。只是这"床"太短,我趴在上面,膝盖以下却悬在空中,非常不舒服,但我又自我安慰,只要手法好,治疗环境差一点就差一点吧。

她一上手，我就觉得还不错。她说我这颈椎是有炎症的，配合红花油一起按效果最好。于是红花油被打开，刺鼻的味道蔓延整个屋子，屋子里本来有只蚊子，都被熏得不知去向。

她给我按着按着，也吸起了鼻子。我说是不是味道太重了，要不开门放放？她不吭声，继续按。那吸鼻子的声音越来越大，我听明白了，这咋还哭了？

我随口问了句，她就开始讲她老家在哪儿……我按摩多年，接触了几百个技师，这种老家的故事和那种歌唱比赛讲梦想的段落一样，早就听腻了。可她不知道我腻了，以为我想听，或者说她就是想倾诉，便一个劲地说了下去，说自己是江西的，处了个男朋友，男朋友不赚钱，还经常打她，她一气之下就跑来了这里。但是，每个黄昏到来的时候，她就开始想她的男朋友……

我忍不住说了句，你贱啊？他打你你还想他？

她说他打完我也后悔了，现在就劝我回去呢。

我说他服软了？但是得让他向你保证，以后再也不能打你了。

她说他没服软，就说我要是不回去，就过来找我，把我的胸和下面都用剪刀剪烂……

我说那你哭个屁啊！她就蹲在我的旁边，掏出手机给我看视频，说你看，这是我俩在一起时，他生气了，把我的头发给剪了……我看着视频里，她的头发跟狗啃的似的，七长八短，她坐在那里哭个不停。

她说，他就是要羞辱我，要我知道我是全世界最难看的人，只有他才会喜欢我。

我说行了,你别给我看这些了,你早就该和他分手了。你赶紧换家店吧,然后不要再告诉他地址,再也不要让他找到你。你有技术,到哪里都能活。

她说我也是这么想的,但是我总是下不了决心,还是会想他。我说你想他什么?

她把头别向窗外,目光里是余晖散尽的忧愁,说总是想到和他相爱的时候,可好受了……

我气得一个起身从那把长椅上翻起来,说你爱咋咋的吧。

我噔噔噔下楼,在吧台结账,女人还在那看古偶,我俩谁也没理谁,只有收钱包到账的声音大得盖过一切。

几天后,我再次路过那个店面,怀着好奇心以及一丝的怜悯,探头往里看了看。这回吧台里换了一个人,她冲我笑了笑,说帅哥按摩吗?我问那个26号在吗?她说哦,那个人走了。我说去哪了?回老家了?她说不知道,不熟。

我一边哦哦,一边退出门来,想着这按摩店的人员流动还真大,而这个故事的结尾,此生都悬而未决了。

我继续寻找,这回避开那条热闹的街巷,在街上近似闲逛,偶尔瞥见几家按摩的店铺,也不敢随意进入。缺失了一些点评机构的入驻,时光就倒退了二十年,门脸就是一切的信息,能否解读出来全靠运气。

某天路过一栋老楼,门头还能看到税务局几个残破的字,但早已失去了政府部门的气势,看来已迁走多年,又变成了民居。在这老房子的侧面挂着一块很小很小的牌匾,简单到只有红底白色的四个字,盲人按摩,下面是一个箭头。

这世上有些奇怪的常理,或是大多数人心里的默认:某些残缺的人在做某件事时,反而因这残缺而形成专业和品质。比如哑巴木匠,独臂侠客,脑瘫诗人,聋人歌手,以及盲人按摩。于是我没有太多的犹豫,甚至是欣喜若狂地顺着箭头走了进去。

楼房的内部比外部看上去还要老旧得多,楼梯间里堆了些破烂的木板,不知何用,一个个曾经是办公室的房间大多房门紧闭,越往里走,越感觉幽暗。

我变得小心翼翼,想着要不回去算了,却在这时看到一扇开着的门里有个六十多岁的男人坐在窗边。纱窗上似乎沉积了几十年的灰尘,使窗外本就不够明亮的暮光更孱弱地透了进来。

他此刻出神地在想着什么。仅从侧脸的眉目中就能看到他的眼睛有些问题,似乎只能捕捉到外面一丝丝的光斑,但这似乎就够他瞅很久了。

那一刻,我有点不想打扰他,但他耳朵灵,已经听到了我的犹豫,转过头来问按摩啊?我说对对。他起身说坐坐。

我看了看屋子的布局,只是一张床就占据了一半的空间,一张桌子,是餐桌,也能摆放杂物。我看了眼床上胡乱堆着的被子,问就在这张床上按?他说,我这都是坐着按的。他踢了踢脚边的小板凳。我就老实地坐下了。

我坐在小板凳上,他坐在床上,这姿势,特别像是奶奶给小孙女扎辫子,我脑里猛地冒出这么个画面,就想笑。他的大手就掐住了我的脖子,一瞬间那手掌的粗糙把我惊到了,真的是像锉刀一样。我说,你不垫个东西吗?毛巾啊,布啊什么的?他说不用,这样直接接触位置找得准。我被说服了,也直接道出了我的痛处。他说明白,却就是不往痛处按,说是要先把其他周边部位放松了才好。

每个人都有自己的脾性,每个按摩师傅也都有自己的习惯。我善于相信尊重的力量,总是期待能带来惊喜,于是不再吭声,仅仅感受着他的手掌在我肩颈处辗转腾挪,一会儿工夫,还真有了放松的感觉。然后他拍拍我的后背,说时间到了。我一看时间,才半小时,说再加个钟吧。他却拒绝,说一次不宜久按。我仍旧选择尊重,或许他的话是有道理的。我就问多少钱?他说五十。这价钱挺便宜的,我掏手机扫码,他却无码,说只收现金。我说那我没带现金啊。他说没事,你哪天路过了再来给我就行。

这话让我心里一动。这社会很难遇到不分情况去信任他人的人。我说你相信我?他说就五十块钱,有啥不相信的?我就说好,那我明天这个时间再来,到时两次的钱一起给你。他说着好的好的,就洗了洗手,坐回了我进门之前的位置,连看窗外的角度也一样,像个扫地机器人,工作完就自动回到原位了。

我从那老楼里出来,暮色早已昏沉,顺着街道往家走,路过夜市的街道,灯火也早已亮了起来,摊位的喧闹初露狰狞。我心里因这陌生的信任有些小小的雀跃，于是买了几个橘子，都没讲价。

回家后我早早地把一百块钱现金装在外套的口袋里，又翻箱倒柜找出一条薄薄的毛巾。他的手真是太糙了，我的脖子到现在还疼，还是垫一下吧，不然颈椎没按好，再蜕一层皮就说不过去了。

隔天再去，还没进屋，只是路过窗前，就看到他仍旧坐在床边，或是在沉思或是在捕捉光斑。我再次走进那间屋子，刚一开口他就记得我的声音，说来得这么早啊？语气里竟有了一种熟络的感觉。

我点了点头，想到他看不见，就说早按完早去工作。他就顺口问起了我的工作，没等我回答，他就自顾自地说，你是不是在那边的工地干活？听你口音就不是本地人。他说的那边是正在修的高铁站，应该有好多外来的工人涌入，也肯定有人来他这里按摩过，他下意识地就这么推测。

我没有反驳。这些年和很多盲人师傅打过交道，他们说啥就是啥，给我安排什么身份就是什么身份，我有时也会随口编一些。不是恶趣味，只是觉得能暂时以另一种身份在他人的意识里存活，也算是短暂地过上了另一种人生，虽然我对自己现在的人生并没有什么不满。

我坐在椅子上，把毛巾递给他，说还是垫一下吧，昨天回去脖子都红了。他笑笑，就把毛巾接过去，铺在了我的脖子上，再下手，皮肤的疼痛感就少了很多。他又接上了之前的话头，说那个工地有个开大车的也来他这按过，那人是坐骨神经痛，屁股上总贴着膏药，都贴烂了，车都要开不了了，来他这按了半个月，好了。

我听着心动，说我这颈椎的毛病也做过核磁共振，是四、五、六节膨出，你觉得多长时间能给我按好？他顺着我的颈椎捏了捏，说一个星期，你连续来一个星期吧，肯定能给你按好。

他语气坚定，自信到不容置疑。我又环顾了一下四周，破败的屋子，窗前那灰蒙蒙的光亮，以及五十块钱一次的价格，这些都让我有了再次相信一个按摩师的勇气。

我的治疗正式开始了。每个傍晚我都准时抵达，按摩的过程倒是没什么好说的，点位力度手法，痛了就叫两声，舒服了也哼唧几下。由于天天来，光是哼唧和痛叫就有些难堪了，我俩就开始聊天。我好奇他眼盲的原因，他却从小时候讲起，说父亲是中医，总带他上山采药材，所以他长大后，有病也不去买药，都是自己采点草药治疗，这病那病全都能治好。

他说得挺神的，感觉就要喝风饮露羽化成仙了。他又说后来结了婚，有个冬天在山上摔了一跤，摔到了后脑勺，视力就开始慢慢下降了，二十多年，下降成了现在这个样子，只能看到一点点光。

我听着可怜，又看他的居住环境，桌子上摆着剩饭，苍蝇在萦绕。我说你老婆呢？我怕他说出离婚跑了等话，虽然和我无关，但听故事的人心也会堵得慌。他说在他闺女家给照顾孩子呢，又说现在这社会，不都是嫁闺女再搭个老丈母娘吗？

他说完呵呵笑，是一种晚年的乐呵或是无奈的自我宽慰，可不管怎样，这个结局都比我预想的要好很多，他眼盲后家还在，还当上了外公，比我之前遇到的很多孤独的盲人师傅在世俗层面都要幸福很多。

他又讲起他的女儿，说女儿受了他的影响，也喜欢中医。这回年代朝前迈，学中医不用自己上山采药材了，他女儿考上了北方的中医药大学，前几年毕业了，回到了老家，在县城里的中医院上班。他说到这里很自豪，说我女儿在中医院二楼的办公室，专看肾病的，你要是去那看病就找她，我和她打招呼，让她好好给你看。

我说好的好的，等我得了肾病就去找她看。他又说人啊最好别得病，得病了全家跟着遭罪。

我以为他要接着讲例子，却没了下文，这倒像是一个无指向的感慨，或者，他是在说他自己。

说好的七天给我按好，但第六天，我的左手就开始发麻，先是从小手指末端，然后是无名指，接着是外侧的手臂。我把这状况和他说了，他一听，急忙停下了按摩的动作，说完了，我可能给你按坏了，你赶紧去医院看看。

我一听也蒙了，一是因为这情况在我预料之外，本来是为了治疗的，怎么却适得其反了？二是他的语气虽然有点着急，却是那么的坦然，就像这是我第一次来，他手一搭我的颈椎所发现的毛病，而不是打包票能给我按好却失败而出现新的问题。

我说不是说连按七天就能按好吗？他说凡事都有个意外嘛，今

南方以南

天我就不收你钱了,你快去医院吧。然后他站起身,摸索着到脸盆边洗手,这就有点逐客的意味了。

我心里虽有千万个和他理论的句式,但也知道这都是徒劳。他毕竟只是按摩师傅,不是我的主治医生,不能因为他给过我信任和承诺,我就可以把他和那四手联弹的野鸳鸯,还有要被男朋友剪烂下体的女技师区别对待。我只能再一次屈服于我和我颈椎的共同命运,拿着我的小毛巾走出那栋灰败的民居。路过那扇窗户,纱窗上十几年的灰尘还在,他此刻又回到了窗前,继续沉思或捕捉光斑,不知那些思绪或光斑里有没有对我哪怕一丝丝的歉意。

我去了医院,拍了片子,结果还好,颈椎仍旧膨出,只是压迫神经比之前要严重了些,才会出现手麻的现象,另外筋膜发炎也比较严重。我和医生讲了按摩的事情,他劝我不要再去暴力按摩了,会越按越严重的,并建议我在医院做一些理疗项目,脉冲波和电磁疗之类的。

接下来的日子,我三五天就要去一次医院,走进那间理疗室,让理疗师先用脉冲波冲击我的患处,倒是不太痛。细小的针孔刺在皮肤上,有点像文身的感觉,只是那些纹理都落在了皮肤的内侧,无影无踪。

然后是电磁疗,如一把小锤子在我的后背上敲敲打打,叮叮叮的声响。有那么几个瞬间,我觉得自己是个老旧机器,或是损坏的木偶,在被木匠修补着,缝缝补补还能再使用三年五载。

有时理疗师把电压调得太大,伴着那一声声的敲打,我的全身就跟着抽搐。那一刻，我觉得自己重回了青春，是网瘾少年，在被电击治疗。

只是老化的颈椎和青春一样，都再也回不去，我虽想要健康，可并不怀念它们。

差不多半年后，我的颈椎好了一些，并不是理疗起了作用，而是我改变了生活习惯。早睡早起，多做运动，写作时电脑抬高一点，脖子上套了个颈椎套……这让我看上去比之前更不健康了。

我没事的时候还是爱到处闲逛，街道的条条缝缝，我都想走到。县城没啥大的变化，连一栋新的高楼都没建起来，之前的烂尾楼也仍旧没人接盘，它似乎和这时代的脚步一起放缓了，或者说是被这个时代抛弃了。

那个高铁站倒是建好了，只是周遭一片旷野，一天只有几列车途经，大部分还不停。我从那里出发过一次，工作人员打着哈欠没收了我的一瓶剃须泡沫，我上了车子，一节车厢就我和一个老阿姨。片刻后，列车员来了，通知老阿姨坐错了座位。老阿姨刷着短视频离开了，车厢内只剩我一个人，仿佛和这小县城一样都成了被时代抛下的边角料。

某个黄昏，我又路过那个盲人的按摩店，发现挂在墙上的牌子消失了。我出于好奇，再次走进那栋楼，盲人师傅的门却一直紧闭着，我蹑手蹑脚地趴窗户往里看，屋子陈设依旧，人却似光影里的尘埃，灯光熄灭，了无踪迹。

又过了段时间，亲戚家的老人得了病，反反复复都好不起来，终于长住在了医院。我拎着些水果去探望，到了才后知后觉是按摩师傅女儿所在的中医院，老人也有尿血的症状，检验的项目里也包括肾脏，我们就这么又有了些瓜葛。

那天我本来是该送完水果，然后不尴不尬地闲聊些话就走的，但因为这瓜葛，就主动帮着去肾脏科的办公室跑了跑腿。一进门就看到了那个女医生，并一眼认出一定是按摩师傅的女儿，他们的眉目长得太像了。

我坐在医生面前，等着她看报告，就闲聊说起她父亲给我按过摩，但没提起给我越按越严重那事。她听了笑笑，那笑里竟有些尴尬的味道，好像她爸给我按摩是有点丢人的事情。她为了维护这自尊，有点抱怨地说他就是闲不住，眼睛坏了以后非要自学按摩，说能赚点是点，不想给儿女添麻烦。我说理解，理解，又问起最近路过那屋子，招牌怎么没了？她说他前段时间摔了一跤，手摔坏了，使不上力气，就找人把牌子撤掉了。

我弄明白了原委，心里竟有一些唏嘘，没有就着这个话题再多聊下去。医生也松了口气，把化验结果和我交代了一下，便叫下一位患者进屋了。我拿着单子起身离去，门一开一关，这瓜葛就被夹断了，他人留在我生命里的这一点小波澜也可以转个身，被另一件事截了念头就彻底平息了。

又过了很久，季节更迭了几次，冬天就来了。南方的冬天没有北方老家一天一地的大雪，只有田野里的雾气漫过绿油油的农作物，把冬季里的萧瑟都吞没了。

清晨的时候，早市仍旧热闹，天气的寒冷反而使包子的蒸笼冒出更多的热气，看起来有了些热腾腾的安居乐业。摊贩们的身体却好似比夏天时佝偻了些，窝在那里，嘴里吐出一团团小小的白气，那也是一场生活里的烟雾，驱之不去。

我难得早起，裹着厚睡衣，晃荡着去吃早餐。路过一个个小摊位，穿着大妈风格衣服的人最多。卖假名牌鞋子的两口子，老公卖货老婆扮演个托，还想拉我买一双，被我识破了也不觉得尴尬，继续拉下一位。

我继续往前走，看到一个戴着墨镜的人坐在小木椅子上，面前铺了个喷绘布，上面是太极八卦之类的图案，还有摸骨算命几个字。

我蹲下身问怎么算。他说五十块钱一次。我说那怎么摸？他说把后背给他。我就把后背亮给他。他的手冰凉，伸进我的衣服里。幸亏我里面还穿了件秋衣，虽然隔着衣服，他手掌的粗糙感依旧。他顺着我的颈椎缓慢往下摸，一节一节，和当初按摩时一样的仔细，我以为他能摸出我的四、五、六节膨出，但他只说我是疲劳的富贵之命，为人要注意口舌，四十九岁时有个小坎。他问我：有啥想问的吗？我说没有，就付钱要走，摸了摸口袋，仍旧没有现金。我说坏了，没带现金。

那一刻，我以为命运又轮回了，但他摸摸索索，从衣服里抽出个带子，带子下面是个小牌子，上面是二维码。我笑着扫码付钱，又多说了几句话,但他不记得我的声音了。

我晃荡着离开,走几步又忍不住回头看。他戴着墨镜,面对着东方,太阳缓缓地升起,阳光穿透那些稀薄的雾气,让这尘世有了些金色的细细光辉。

他比任何人都需要这光照,只有在这光的下面,他的眼前才会出现那些微弱的光斑,他也就能在那些微弱的光斑里再看到些曾经的日子,以及这曾经朗朗但不敢停歇的人间。

像房事一样忧伤

好朋友离婚了。五年恋爱三年婚姻，无数场的争吵冷战，爱意消磨没了，性格不适合就显露得突出。好在没有孩子，也没有房子，共同财产轻易就分清。两个人打了辆车去民政局，如果没有离婚冷静期，分得还能更快一点。

我和他聊天，是抱着安慰的目的，但看他精神状态还好，处于一种事情发生得太快而没回过神来的木然。他说了很多两人之间的事情，从各自事业的发展到生活上多种的磨合。八年的时间，大概能看出起承转合的脉络，但细讲起来也是寥寥。最后说起房子的事情，这些年在上海租房，总共花了两百多万，早知道用这钱买个房子了，也能留下点东西，不至于彼此都这么空落落地收场。

他们买房子的事情我差不多了解，那是各种机缘的问题，金钱、社保、购房资格等都是购房障碍。曾经走到付了定金还砸了开发商的金蛋的阶段，最后却因飞机航道噪声而放弃。也曾发生过在上海周边看上一处房子，同样交了定金，后知后觉又因谣言而赔钱退掉。这些事情想起来，有侥幸有笑话，但如今在感情终点回忆起来，就有了些命运的玄妙和无奈在其中,都是笑过后的一声叹息。

我安慰他,说你虽然没在上海买房,但你也不是没房子啊?咱俩不是还有一个房子吗?他听了就笑,说没想到到最后,和他有共同财产的竟然是我。

前些年的一个春天,我俩决定自驾出去玩,但是也没想好要去哪儿。他翻着手机地图找了一圈,最后过来说要不咱们去这吧,这里有个跨海大桥。我一看,这跨海大桥也太长了,感觉有几十公里,超出了我对桥的认知,当下决定要去看看。

隔天我俩从上海出发,一路往浦东开,往海边开,开了两个多小时,果真上了一座长长的大桥。两侧的陆地瞬息被淹没,大桥两旁烟波浩渺,始终没有尽头。在那一刻,或许是被这壮观所迷惑,感到生命的一些口子被撕开,即使车子开下了大桥,我俩也决定继续往前开,看看这不回头的路到底通向何处。

于是在陆地的尽头,我们遇到了一座码头,之后把车子开上了大船,准备前往一座陌生的小岛。在候船室等待开船的时候,我看到广告牌上的卖房广告,觉得还挺便宜,且那时也没什么定居的打算,四海为家四处写作也觉得是一种浪漫的体验,就决定上岛后去看看。

之后那自驾游的旅程就变成了看房之旅。小岛正是旅游旺季,风光也秀丽,中介介绍说这里正在努力建设仅次于三亚的旅游银滩,将成为上海人的后花园,江浙沪海岛游再也不用去海南。那时是 2018 年，生活市场和人的思想都欣欣向荣，我们也对这新兴海岛的未来充满了幻想，于是只用了一天时间考虑，便合伙买下了一套带海景的公寓。

晚上我俩去大排档吃烧烤。烟火人间，冰啤酒，夏天来临之前舒适的风，这一切都因有这个房子，想到这些会变成以后频繁享受到的事情，哪怕我们因此几乎掏空了钱包，也满心欢喜。

之后我俩又频繁去了海岛几次，把房子简单装修了一下，也把整个小岛熟悉了一番。到了 2019 年夏天，我和他带着各自的女朋友来度假，四个人玩闹闲逛吃黄鱼，在新房的客厅里看文艺电影。傍晚的时候，我去小区里的泳池游泳，泳池很大，靠着小区边缘的矮墙，外面就是海滩，于是在这头望过去，就像个无边泳池一样连接着海面。晒了一天的水，温热地把人包围，我在里面舒服又贪婪地来回游着，似乎可以一直游到海水变蓝。

那是我们最后一次去海岛，随后三年疫情到来，通向海岛的轮渡总是长时间地停运，我们也因着疫情的行动不便没有了出去走走的冲动。所有关于房子的消息也只能在业主群里了解一二。

先是海岛的旅游市场彻底停滞，导致房子所在的那片海滩成了一片空寂。然后传言因为台海局势紧张，小区里的游泳池被部队征用，成了训练基地。再之后是业主们维权，说物业不作为，小区经常停水停电，电梯坏了也没人维修。最后闹到物业给很多业主发律师函，催缴物业费……

这一切的混乱都指向了一个更直接的危机,那就是房价开始大幅度地下跌。业主们开始抛售房子,可最终能卖出去的也寥寥无几。越是卖不出去,业主们越是着急,四处找原因,一切又都归结到物业和开发商头上,觉得自己被骗了,也觉得由于物业的不作为,导致小区环境变差,房子才卖不出去的。最后,他们成立了业委会,开始投票换物业,我俩也被要求投票。我俩投了,业委会成立了,对立关系形成了,接下来是漫长的双方谈判诉讼,至今仍旧没有取得任何进展。

水电仍旧频繁停着,屋顶也开始漏水,泳池的水早就干涸,帮我们看房子的中介也发来信息,说房子里的沙发和床都被海风吹烂了,我们什么时候有空去收拾一下吧。

我俩看着这一切,甚至都懒得再看。不知道他在想些什么,我倒是开始反思,自己这些年买的几套房子,为何都赔了钱?

十多年前,我出第一本书的时候拿到了人生中第一笔比较多的钱,在我们家东北的小县城里买了一个一室户的小房子,算是人生中的第一笔小投资。我在那里住了一年,随后去了北京,亲戚知道我的房子空着,就想着帮我卖,遇到几个买家,出的价钱比我买的时候多了一些。当时我觉得没必要卖,放着一直涨价就好了,等缺钱时再说。不承想几年过去后,资源的枯竭、经济的衰退、人口的流失导致东北小县城的房子大幅地跌价,我那个房子就算赔钱往外卖,也无人问津。

好在我的房子还能租出去，一年三千块的租金，是对我最后的慰藉。

几年过去，我又攒了点钱，正好我爸妈那时在延边住，我就在延边又买了个房子。那时新闻总在报道珲春的口岸、东北亚贸易、长白山旅游业等，我觉得这次投资肯定保险。

可几年后，小区对面的烂尾楼里，开了间养马场，马粪味一飘千里，一年四季，只有冬天敢开窗户。我妈抱怨，要我把房子卖了，换一个，我便找了几个中介，但他们都认为我挂牌的价钱太高。我说这可是当年买的原价。中介说你也说了，那是当年了，现在全国三四线的城市房价都在下跌，很难再涨回来了。

是啊，七八年过去了，俄罗斯和乌克兰打得乱七八糟，远东似乎早已被他们遗忘，东北亚贸易并没有开展起来，珲春的口岸也没有发挥多大作用，旅游市场在疫情里几乎停滞，全中国三、四线城市的房价都在下跌，我的房子价格不可能再涨回来了。

我时常把这些当笑话讲，朋友们说我就是在乱投资。我承认，自己根本不懂得金钱管理，做一些事情的时候也总是秉着一些天真的幻想，屡屡失败，但日子也算是这么乱七八糟地混过来了。

2020年的时候，朋友向女朋友求了婚，在外滩的游艇上繁华了一路。我们很多朋友在现场，一起开香槟庆祝，之后从游艇上下来，一群人又去了KTV。喝多了后乱唱歌，有人唱起了《明天会更好》，把我和朋友都唱哭了。我俩认识十多年了，一路怎么走过来的彼此都清楚，有些辛酸和感慨就都变成了眼泪，但当下也是真心觉得，未来一定会是更好的。

可剧情总是急转直下，先是工作遇到了瓶颈，然后是我们不再在一起工作。我离开上海，到了杭州定居。他接连几个工作都没有推进下去，妻子也因工作压力巨大，常年被失眠所困扰。

去年夏天，我孩子出生，他和妻子来探望，一起来的还有一些写作的朋友。大家喝酒聊天到天明，全是久违的笑声。但他私下里和我透露，他最近在吃对抗焦虑的药。我也和他述说了一些生活里的苦，一起感叹人生的不易。这些似乎成了中年人的通病和慰藉。

如今想来，那些夏日里江边喝酒的日子似乎是最后的欢闹了。离开后不久，其中的一对情侣先是分了手，在酒醉的夜里，女生给男生拨电话，说了一百句我爱你，醒酒后就断了片。

然后是他俩因一些事情起了矛盾，矛盾是线头，越拉扯毛球越大，没人有能力去抚平这一切，便冷静地走进了民政局。朋友说，妻子搬家离开那天，他站在一旁看着，欲哭无泪，更多的是恍惚，自己仿佛灵魂抽离了出来，俯瞰着这一切，把七八年的感情看了个遍，也找不出个具体的因果答案。

今年开始，海岛的轮渡恢复了正常的频次，除非遇到大风浪，几乎每日都有班次。

朋友离婚后，被工作和生活填满的日子一下子空了一半，我俩就又提起要去海岛看看那个房子，还规划好了路线，我开车从杭州出发,到上海接上他,然后还是经过浦东,过跨海大桥,像多年前一样,两边烟波浩渺,路就让它走到尽头。

可规划是规划,日子是日子。他由于今年工作突然多了起来,很难抽出整片的时间,我也因家庭生活的牵绊,不太容易出行。约了几次,都没约成。最近一次约的是七月,但他突然有事回了老家,约好回来后就去。过了几天,我却又决定带着孩子回东北老家过夏天,这事情就又搁浅了。

有一天,我突然想明白了,或许我们并不是真的想去看看那个房子,我们只是会时不时地想起它。这和离开的爱人很像,虽然总是想着有机会要去看看她,也想知道她过得好不好,但都没有去实现,总是被什么机缘挡住了脚步,最终变成了一种时常提起但遥远的惦念。

我想起2019年的那个夏天,我们四个要离开岛屿的时候遇到了大雾,轮渡连续好几天停摆。一大早我们就赶去码头,询问今天轮渡开不开?工作人员有时也给不出确切的消息,只说再等一等。

于是,在那些悬而未决的时间里,我们四个站在码头旁的栏杆边等候,他俩掏出烟来抽,每一口都被淹没在巨大的海雾里。我们偶尔也会抱怨:为什么不提前几天走?这样就不会碰上这场大雾了。

可是,谁又能看得准确呢?

一场海雾,一波房价,一段爱情,一个时代,我们混沌其中,却又坚信其中的恒久痕迹,于是在那些最开始的时刻总是满怀期待,最后落得这遍地的忧伤。

珍爱花店的最后两年

珍爱花店很小，除了卖花，还做打字复印。这家店在我家附近，所以我平时有需要打印的文件，或是复印个身份证之类的，都去那儿。

老板是个女的，四十岁左右，留着中短发，戴着眼镜，看起来挺利落，也挺文质彬彬的。我头一次去时，她女儿也在店里，八九岁的样子，趴在一堆鲜花中的小桌子上写作业，很使劲地握着铅笔，生怕把任何一个字写歪了。

她则拿着把剪刀，在处理早上新进货的花，修剪一根根长枝条，看着像是熟练且有章法，但也可以说是胡乱剪。

我要打印的是加入作协的申请表。写作好多年了，对于这个身份还是羞于让别人知道，就有点扭扭捏捏的。以前去打印类似的表格时，遇到过爱闲聊的店员，跟看景儿似的，问起来没完没了。导致我以后每次打印，都提心吊胆。

她听见我说打印，指了指墙上的二维码，说加我微信，文件发过来。我加了，也发了。她挪到电脑前，噼里啪啦地操作，也没多看一眼文件内容。我那颗担惊受怕的心就得以放松。

文件吐了出来，还热乎的，我付了钱匆忙离开，走了几步又觉得不对劲，折返回来，说电脑里的文件你得删除。她指了指电脑桌面，还有微信界面，又打开回收站，说都删了。

干净利落，是个老手的感觉，办事让人放心。我心里就暗暗想着，这家可以常来。

下次再去，是年三十的上午，我想买点喜庆的花，把家里装饰一下。进了门，却见店里冷冷清清，并不因春节而多几分人流和热闹。她板着一张脸坐在桌子前，看着平板电脑，她女儿坐在小桌子旁，还是在写作业。怎么会有那么多的作业要写？过年了都不能休息。

她见我进来，抬了抬眼睛就算是询问了。我说买点花，就自行去挑选，问每一枝的价钱。她一一回答，说买多了可以打折，下午也要回家过年了。她女儿突然问，去外婆家还是奶奶家？她说去外婆家。她女儿说爸爸说去奶奶家。她说那你想去谁家？

三言两语，一家子的烂摊子就摆在了面前。

我挑了一堆的花，都是很明艳的颜色。她帮我包好，噼里啪啦按计算器，心情好像不顺，按错了好几次，然后突然泄了气似的，说就这样吧，算不清楚了，就给这些吧。

我给了钱，拿着花出门，应该是占了便宜。没走几步，身后就传来哗啦啦的声响，我回过头，便看到卷帘门落了下来。

她心态失衡，早早关了店门，最后一个上午都熬不下去了。也不知道她们最后是去了外婆家还是奶奶家。

年嘛，就这几天，其实去谁家都一样。但日子，好像就不同了，它太长了。

春节过后，春天就到了，我刚完成了一本长篇小说的初稿，想打印出来边看边修改，就又去了珍爱花店。这回只有她一个人在，女儿常写作业的小桌子不见了。

她坐在电脑前看平板电脑，是律师讲离婚官司的视频。我把文件发给她，她也不关视频，就边看边给我打印。一本小说有两百多页，正反打印也要打很久，我玩着手机在一旁等着，听着那台大型打印机唰唰地往外吐着纸张，但吐着吐着，突然就停住了。

她还在看离婚官司的视频，太专注了，没听见打印机停了。我提醒她，她起身来到打印机旁边，把纸槽拉开，看到是卡纸了，就往外拽那卡住的纸。可不是一张卡住了，是好几张，又莫名其妙卡得很死，她怎么拽也拽不出来，突然冒出一股怒火，抬脚就踹那个打印机，踹得哐哐直响。

我吓了一跳，但也没拦着她，我猜她是生活中遇到了难事，如果踹几脚能发泄出来，总比憋出别的事情来要划算。

她踹了几脚停了下来，整个人突然非常的懊丧，说你去别人家打吧。说完就坐回了椅子上，也不看视频了，像赌气似的，就那么看着地面发呆。我不想惹她，但还是小声地提醒她，别忘了把电脑里的文件删除。她啪的一下，把电脑的电源线拔了。

显示器黑了，我有点无语。她可能也觉得有点过分了，就说，你放心，我一会肯定删除。我条件反射地说了句没关系。说完觉得自己挺蠢的，明明就很有关系，但覆水难收，我便退出门外，去寻找其他的打印店。

我还真找到了另一家打印店。那家店员打印的时候，话也不多，设备也更专业，打印出一本小说还能给胶装上。于是之后，我不再去珍爱花店，而是改去了那里。

当然，有时也会去珍爱花店买束花。比如我老婆过生日的当天，我一早就去挑，她女儿仍旧不在，她也不看离婚官司的视频了，又坐在了那里剪花枝，剪得没精打采、百无聊赖。

我说你帮我选几枝，包成一束吧。她一边挑一边说，你老婆真幸福。我有点羞赧，就笑了笑。她又说，谁知道你是不是送给老婆的？我不知道这是玩笑，还是人身攻击，或是她心理扭曲怀疑世界的观点，就也只能笑笑。

结账时，她说我给你打个折吧。说完又自言自语地说，我这辈子都没收到过花，我还是开花店的呢。

这话就有点悲伤了。我想说会有人给你送的，又觉得这话太矫情，就换了个嬉笑的口吻说，那你就自己送自己呗。她被逗笑了，却不再说话，而是说，我家打印机修好了。

我说哦哦，那我以后再来打印。

我之后就真的回到了她这里打印,并不是因为她那句话,而是之前那家会胶装的打印店突然消失了,变成了一家沙县小吃。

人们总说大城市的节奏快,店铺关门和开张也快,但小地方的一切也并不是永恒,在慢慢萧条下去的时间里也在悄悄完成着轮转。

其实我平时要打印的东西不算多,一两个月才一次,有时三四个月才一次。在几个月后的一天,我又去那打印文件,还没进门,透过玻璃就看到她在锻炼,屋子里铺着个瑜伽垫,她在上面跟着平板电脑在健身,动作还挺激烈的,练得一头汗。

她看我进来,也没停下来,让我把文件发到电脑上,又指挥我怎么操作打印。我寻思这自助打印也挺好,就按照她说的弄了,打印出来的文件却都是半页半页的,浪费了好多纸。

她不锻炼了,过来自己操作,也不火也不急,慢悠悠地说我设置错了,又重打了一份。在等待打印的过程中,她喝了口水,还哼起了歌。

几个月不见,她的心情似乎变好了很多,不知是生活的境遇有所转变,还是之前的婚姻有了好转。我都猜了猜,也在屋子四处看了看,女儿写作业的小桌子还是不在,屋子里却多了把木椅子,还有个男士的保温杯。

这蛛丝马迹或许就是新生活的开关,也是寒冬过后土地的松动。有时抬起鼻子闻一闻,就能闻到那让人骚动的春风。人生里的劲头都是从这些地方冒出来的。

我下次再去那里,她不在,一个穿着工装戴着安全帽的男人在屋子里抽烟,手里握着个保温杯。他问我做什么,外地口音。我说打印。他说老板出去了,你下午再来吧。

我说好的,就要走,临走时看清他安全帽上的公司名,那是附近在建的高铁站的施工单位。

我以前干过工程,从一个地方来到另一个地方,项目完成了,也就该离开了。短则一年,长则两三年,没有更长久的打算。

但对于很多寂寞的人生来说,两三年已经足够长久。

珍爱花店开始了扩张,但不是店面的扩大,而是在卖花、打印复印的项目外,又加了一项卖体育彩票,主要由那个工地的男人负责。

于是本来就不大的店面里,如今整天挤满了人。一些工地的工友,还有无所事事的中老年男人们,整天围聚在里面,抽烟咳嗽大声聊天,挺乌烟瘴气的。

男人白天在工地上班,下午才来看店,她也能把彩票弄得头头是道,机选、组选、两偶一奇,术语全都明明白白。

新鲜的花也不怎么进货了,弄了点耐活的绿植和多肉,摆在那也不用费心。打印机挪到了最角落里,电都不插上,有来打印的,现插现启动。

她一忙碌起来,倒也挺乐呵的,比起之前冷清的日子,现在天天开门就有热闹，这也算另一番新鲜的景致了。

有天夜里，我急着要打一份合同，就去了她店里。却见屋子里支了张桌子，一群工地的人在喝酒。她也在其中，用一次性杯子干杯，用手抓卤味，看我进来，绯红着脸颊让我也喝点。我推托，说着急打印合同。她却说没劲，还和所有酒友介绍我，说我是作家，又写小说又进作协的。

原来她都知道，我以前的那些隐藏看来都是笑话。那些人听了我是写作的，都来了好奇，要拉着我喝酒，又给我点烟。我硬着头皮一一推托掉，她可能觉得被拂了面子，就用怀柔的方法逼迫我圆这个场面，语调有点撒娇地说，你不喝这杯酒，我就不给你打印。

我无奈，想着换一家更浪费时间，就端起酒杯干了。一群酒鬼叫好，她把打印机通电，开机，预热。这时间要几分钟，却也好久。那群人又叫我喝酒，我就假装接了个电话，在门口等。

过了一会，她拿着文件出来递给我，说谢谢你给我面子。这话挺通透，也挺洒脱的。我说了句不客气，拿过文件走了。走了几步回头看，她并没有回屋子，而是在门前点了根烟，一口一口地抽着，背后屋子里传出来的光亮把她包围住，她整个人就成了一团阴影，还有一颗忽明忽暗的萤火。

半年后，高铁建成，举行了盛大的通车仪式，之后工地的临建房拆除，施工单位撤离，男人也跟着撤了。

珍爱花店也突然关了门,我去了好几次,防盗门都紧闭着,有一些隔壁店铺的人在门前说闲话。文具店的老板娘说得最多,她说那女的和人跑了,中年人谈感情,老房子着火,拦都拦不住。她还说,那男的是内蒙古的,也勾搭过她,她没搭理。那男的有老婆,孩子都十来岁了,和这样的人跑了,以为真能怎么样吗?顶多就是跟着去下一个工地,当临时夫妻,做野鸳鸯。洗车店的男人说,野鸳鸯也是鸳鸯,舒服一会是一会。几个人就笑骂起来。

又过了段时间,珍爱花店的牌匾让人拆了,里面的东西也都搬了出去。打印机还是打印机,彩票机也还是彩票机,只是一盆盆的绿植和多肉全都死了,一堆堆的枯枝败叶是好好活过的证据。

我远远地看着那一切,竟有些感伤。店铺和人一样,说冒出来就冒出来,说不见也就突然不见了。这世上没什么恒久之事,故事里也没有,人生到最后,都是离散席,千百年来的文人早都书写过了。

于是我收拾好这一时的心境,后又因为工作越发繁忙,需要打印的东西越来越多,便在网上买了台打印机。从此,又少了和陌生人的非必要接触。

后来,珍爱花店变成了家熟食店,也卖烤红薯,每天热气腾腾的,一走过全都是香气。

差不多一年过去后,我在离家很远的另一条街上又看到了珍爱花店的老板娘。不知道她什么时候回来了,这回开了家面店,也经营早餐。她留长了头发，人也胖了些，系着围裙在屋子里来来回回地忙，手脏了就在围裙上蹭一蹭。

我想进去打个招呼，但忘了被什么事耽搁，就没进去。倒是隐约看到有个小女孩趴在桌子上写作业。她长大了一些，但握笔仍旧是那么地用力，好像要把溜掉的时间都重新刻下来。

往事随云走

几年前，和备备去过一次西双版纳，那时我们刚恋爱不到一年，走到哪里都处处是新鲜。那次在西双版纳待了一周，就又坐长途巴士继续向南，一路到了老挝，按着地图往下穿行，经过村庄与河流、荒野与古城，忐忑又兴奋地去触摸这个世界，仿佛从来不会疲惫。

这次再去，我俩已经结婚一年有余，她肚子里也怀了宝宝，人看起来都稳重了许多，至少不会走着走着就蹦蹦跳跳起来。

这几年，我们定居在杭州。冬季的江南，日光少了明媚，反而多出一丝阴郁来。在很多个日子，我坐在书房里，听着窗外那雨雾中的风声，像极了一个女人一生的哀愁，或许还有一个患有风湿病的老人坐在门廊下发出一生中最后一声叹息。都是戚戚怨怨的光景，还有挥散不去的浓稠。

备备的心情也不是太好，怀孕初期，孕反的折磨、激素的忽升忽降搞得她疲惫不堪，时常莫名地低落。于是我俩就又想起了几年前的那次旅行，那些阳光普照的日子、没来头的欢闹都是岁月中的好光景。于是没有太多犹豫，定了单程的机票，想着或许可以在那儿待上一整个冬天。

在这之前的一个月，我和朋友合伙开的剧本公司解散了。确切地说，是我主动退出了公司。究其原因，就是不赚钱，这几年，从一开始的高速发展到如今陷入瓶颈，从经济学的角度讲，公司已经没有了存在的意义。

若从我个人的角度来讲，那就是另一回事。我似乎对这份事业进入了厌倦期，做着不喜欢的题材，每天无止境的会议，为一些小到他人或许都不会注意到的点子争执得面红耳赤。每当那个时候，我心里都会有个声音告诉我，是时候了，是时候结束这一切了。它在我的生命里已经没有任何欢愉可言，只剩下反复又反复的折磨，我迫切地想要甩掉它。

那时我们工作的地点在上海，而我婚后住在杭州，每次开会我都需要乘坐高铁前往上海。因为车程不远，我都是会议的当天早上乘车前往，然后要看会议的顺利程度，一般最少也要在上海待上一周，之后返回，过三五天或一周后再过去，循环往复。

我记得很多时刻，我站在月台上看着铁轨通向远方。我有点近视，于是远方就成了一片虚无。那大多是个明丽的早晨，我的心却万分沉闷，很多次想扭头走掉，回到我的小家，放弃这颠簸的生活，可又一次次地踏上那终究会到来的列车。我在那些摇晃的时刻，不停地在心里给自己画上愿景，等这个项目做完了，或到了某个时间点或虚无的临界点，我就真的甩手不做了。

然后就这么一步步地犹豫着熬到了现在，在这个冬天到来的时候，我终于鼓起勇气选择了退出。在和合伙人说出口的那一瞬间，我竟然生出了一些背叛的愧疚之心。我被这愧疚所折磨，惦念起这几年的日子，也算一起经历过很多风雨和跌宕的时刻，纵使我这人迟钝，也后知后觉那是一些共同的日夜，是再也回不去的岁月，割舍掉如同割掉一片血肉，哪怕以后长好了也会始终铭记。

于是我辗转了一夜，都在想着要不要收回退出的决定。我太了解自己，能咬着牙把不情愿的事情再做下去，表面也可以粉饰成什么都没发生过，再提起也能笑说成只是一时的情绪难抑。

然后年岁哗哗地溜走，我不知道何时才能做自己喜欢的事情。虽然这事业也曾是我的热衷，但人生太多漏洞，维护不好就千疮百孔，那喜欢和兴趣就顺着孔洞溜走了。

就如我如今想把这仅剩的水土留住，化作动力，去做一些真正喜欢的事情。

想清楚这一切后，我没有再更改主意。那夜就悄悄地在身边划过，另一个清丽的早晨降临，我缓了口气，努力让自己睡去，并伴着那熹微的晨光轻轻在心里默念：我们或许会辜负他人，但不要再为难自己。

西双版纳和几年前相比，没有什么惹眼的变化，夜市还是那个夜市，寺庙也还是那个寺庙，就连路边磨憨口岸的卖房广告也仍旧贴在那里。我想起当年来的时候，还有过购房的打算，后来一路过境，真的到了那里，看着漫天的黄土与倦怠的居民，念头就悄然打消了。如今倒是又生出些好奇，不知此时它成了什么样。

我们在酒店办理了入住，然后便直奔夜市寻觅食物。几年的疫情，游人骤减，街头都萧瑟了不少。但故地重游，心中难免生出些熟悉的喜悦感，那旧日的街头也就和过去那些新鲜的心境重逢了。几杯啤酒下肚，心头有了些久违的轻松，胃里填满，就又在街头闲晃，并没有什么刻意想要追逐的景物，这是旅人难得的心态。

可一不小心，又逛到了深夜。旅途的疲惫一起积累，我们打着哈欠回到酒店，在亚热带的气候里沉沉睡去，江南水乡的阴冷都被抛弃在梦里梦外。

隔天，气温骤降，一下子降到了十度左右，竟然和杭州的气温差不了多少。我俩没带厚衣服，哆哆嗦嗦去街上逛了逛，进了几家店，也都对这冷空气猝不及防，并没有厚衣服可以出售。

我们就只好在路边买了条毛线的大披肩，把整个上半身裹住，一下子有了雍容华贵的味道。只是那披肩脱线太快，半天下来，已经扯掉了一小团。

天气冷了，我们就取消了游玩的计划，只在酒店里待着，吃饭就在周边解决。可能是吃了不对劲的东西，备备夜里觉得恶心，可怀孕期间也不能乱吃药，我便想给她买点可乐缓解恶心，但她又对白砂糖过敏，只能喝无糖可乐。

我穿过半个景洪街区，才找到了一家售卖无糖可乐的大型超市，在它就要关门之际冲了进去，抱走了几瓶。可等回到酒店，备备已经睡去，看样子，那难受劲，她自个挺过去了。

我睡不着，轻轻地把门关了，来到阳台，拿着瓶啤酒慢慢喝着。夜里更冷了，我裹了裹披肩，似乎能看到吐出的气。跨越了半个中国，仍旧没能躲开这该死的冬天。

我又喝了口酒，看到酒店的游泳池里，有个男人穿着泳裤颤颤巍巍地往里面走。夜里灯光昏暗，泳池里的荧荧蓝光把这夜映得更加清冷，那人就这样一步一步走进那一池的寒凉，稍微适应了一小会，便游了起来。

我坐在那里，看得周身冰凉，猜测他应该是北方人，喜欢冬泳，总爱沉入冰河，才会不惧这寒冷。又或者，他遇到了什么糟心的事，心火如焚，需要这冷冽浇灭那煎熬的痛楚。

这些猜测，都属于这夜晚的另一种人生。

在去西双版纳之前，我和备备以及她的父母一起去了趟千岛湖旅行，为的是庆祝怀孕这件事。我们总是试图给生活增添一些仪式感。

千岛湖我之前去过，江南山水多，就没留下太多深刻的印象。后来也在小说里写过，二十世纪九十年代，一个生在北方的男人厌倦了在单位里的勾心斗角，却从来没能从中得到便宜和乐趣，便幻想着某天可以抛下一切到千岛湖去。这个名字给了他幻想，一千个小岛，随便找一个住在上面，就可逃脱尘世，打鱼晒网，一生在烟波里度过。

这次再去，我们住在湖边的酒店。房间是一栋两层的小独栋，在阳台上就能欣赏湖景。只可惜下雨，整个湖面烟雨蒙蒙，像极了往事，越使劲看就有越多的水汽笼罩在潮湿的眼帘和心头。

傍晚，雨停了，天边的云霞呈现出淡红色，像是一片安慰，让人的心在这萧瑟的冬日里有了些和缓与轻松。

我们不想在酒店里吃饭，徒步去了一公里外的农家乐吃地道的农家菜。我又要了瓶黄酒，温热着和备备爸爸喝。几杯下肚，倒也有了一些暖意，借着酒的放松多说了一些话。但不知哪句出了问题，那话有点转了弯，似乎触碰到了每个人的难受处，就陷入了各自都不舒服的境地。

备备怀孕是一件计划之外的事情，至少要比我们的计划早了大半年。由于意外怀孕打乱了筹备婚礼的时间，所以到如今我还没有改口，仍旧称备备的父母为叔叔阿姨。这称呼和怀孕这件事并在一起，就有了一种微妙的不和谐感，身份转变的突然让每个人都没有做好准备就毛毛躁躁地踏入陌生的新天地。

于是，每个人都在不适应的情况里逼着自己磨合着去适应。有本书里说过一句话，生命是一条河流，该转弯时就该转弯了。道理是这么个道理，可每一次人生的急转弯都是要激起巨浪的，若是肉眼见不到，便是有人在把它压成暗流。

那晚，我喝得有点多，也因为一些对话，心里感到憋屈。回了酒店后，我就自己出门散步。夜里没有再接着下雨，却起了大风，那风从湖面吹过来，穿过哗啦啦的树梢，带着一股子巨大湿冷落在我的头上脸上，我在打了个哆嗦的同时倒是清醒了些许。

对于备备怀孕这件事，我在欣喜生命机缘的同时，其实也在面临着一些人生中不曾出现的困顿。在这之前，我觉得自己是洒脱的人，高原峡谷山川海洋也算都看遍，读过的书写过的文字也足够去应付大多的问题，甚至自认为拥有超脱同龄人的智慧和成熟。曾经的那个完备的自我，却在得知要当父亲的那一刹那，如一堵泥墙在细雨里慢慢瓦解了。

或许，我从来都不是绝对超脱的人，只是在这世俗的世界里伪装出一点独特，才好轻松地存活下去。也或许，是父亲这个身份的降临，让内在不曾发觉的那一部分陈旧的我，得到了滋生的土壤，迅速生长，开枝散叶。

总之，到此刻，我的那些开阔与轻盈，都成了山高水远的幻象。大多时候，那颗拘谨的内心，总在提醒自己，要做一个好父亲，要有责任感，要照顾好家庭，自己身上受过的苦难，不要降临在孩子身上，我愿成为一棵大树，虽然自身飘摇，但也要尽量撑住，不能轻易地漏下风雨。

就此，父亲这个词变成了一双老派的鞋子，我要把自己的脚削平才能穿得进去。

可是，我虽然做好了这建设和准备，但也总有些突发的情况，那些新鲜的事情和新鲜的感受，到最后都会变成新鲜的问题，让人手足无措。他人的压力，自身的自责，时时刻刻的隐忍，以及身体里那一部分属于自我的空间被无限地挤压，这些使日子开始难熬起来，甚而会怀疑，是不是做错了些什么抉择，也因此要上升到人生的意义。可到头来，这些念头，又都被世俗的观点压制，每个人都觉得这是件喜事，最开心的应该是你，你没有资格感到难受。

这就是人间最玄妙的地方。好像开心和难受是对立面，非此即彼，不能相容。却总是忽略了，开心和难受是共存在一个比例盘上的，那上面还有期待与失落、幸福与苦难、兴奋与平静。每时每刻，这些情绪都在变换着比例，没有恒定，也没有尽头。

就如此刻，我走在湖边的冷风里，心里的比例再次朝着痛苦失衡。我不停地对自己说，我是丈夫，我是父亲，我是女婿，但我也是我自己啊，我在没有这些附加的身份之前，我也是完整的人啊。我的那些情绪和心思，难道就不需要被照顾到吗？就因为我之前做得面面俱到，就应该被持续地要求样样俱全吗？

这些自问，得不到一丁点回应，只有冷风，呼啸着在耳边划过。我找了个地方坐下，一盏路灯在头顶落下，孤独的光影里是一个三十出头的我。

我想要的幸福一直在身边，我却因这幸福，再也不敢提及痛楚。

西双版纳的天气仍旧寒冷，还下起了小雨，绵绵不停，让这出来游玩的兴头一减再减。这时听说，我们的一个朋友，也是公司的另一个合伙人，此刻人在普洱，我俩便买了张高铁票去找他。

西双版纳的雨一直下到了普洱。我和朋友约在一个很古朴的餐厅里吃饭，我和备备先到，找了个二楼有阳台的位置等了又等，朋友才姗姗来迟。他最近失恋了，和谈了六年的女朋友分开，于是常住的北京、上海都成了伤心地，便躲到这边陲的小城来。可他也不知道究竟在躲什么，或许是想让这伤痛尽快过去，也或许是想让这伤痛铭记于心。

见面若是以这话题为开头，酒就会喝得很长很多，我们在那间古朴的包厢里，对着满墙做旧的黄泥，聊着青春末尾的爱恋，唏嘘大于怀念，自嘲的笑声也多过时间的沉默。

窗外的雨稀稀拉拉地下着，成了一种复杂的噪声。我们都已在别处，却仍旧被困在熟悉的境地里，原来天涯海角，往事如云，都是无处可逃。

我想起六七年前，我们才认识那会，坐在一起拼酒，说是要连干十瓶啤酒。我喝到第九瓶就走了，他却仍旧坐在院子里，把最后一瓶喝掉，还发朋友圈："说好的十瓶就是十瓶。"

年轻是场欢宴，讲承诺，重气氛，没有明天。如今也不算老，却先明白了不强迫，适可而止，日子还长。

我送他离开。雨终于停了，看着他摇晃地上了车子，我又在外面静静地站了一会，闻了闻这雨后的空气，比微凉要重一点。边陲小城的深夜，透着一股更直接的苍凉，我对它始终存在着亲切感，这是我一直渴望隐居的地方，它们比喧闹的都市和久别的故乡，更能藏住半生的秘密。

只是如今，我过上了有家有室的生活，似乎就丧失了来这的权利。边陲的气质和温暖明亮的人间烟火不搭,可另一半的我,却偏爱孤独荒野大雪封山,它们如今被藏得死死的,连我自己都快忘记了。

隔天天晴,我们却都睡到中午。下午的时候,备备去做美容,我便又去找昨天喝多的朋友。他住在山脚下的一个民宿里,走进去,小院子里的花草都茂盛,几个中年旅人在喝茶打牌,说说笑笑,没什么烦恼的样子。

朋友住在二楼。推门进去一股烟味,房间也乱糟糟的,窗帘拉着,透不进一点阳光,这倒很符合失恋颓废的气质。他洗了把脸,戴上帽子,说带我去爬山。我就跟着他出了民宿,沿着街道往上走,再多拐几个弯,就入了上山的栈道。雨后初晴,山林清秀,坡度也不高,便有了几分惬意。

鸟儿轻啼,我们大声地聊天,聊这几年公司的过往。得与失都不重要,只是一腔热血为何走到如此冰凉。也聊各自人生与自我的转变,看似陡转,其实也都是草蛇灰线,埋伏千里。有时人生的境遇和默变和这山水很像,以为望到了尽头,可一转弯,就刀山剑林,走熟的步子没了用处,才明白,过往的经验一文不值。

我们在山里绕了又绕,便走到了栈道的尽头。我说掉头回去吧。他却说有近路可走,领着我扎进了山里的土路。山林茂密,不太透光,昨夜的雨都存了下来,脚下就变得泥泞。

我不知为何对他深信不疑,就深一脚浅一脚地跟着走。走了约莫半个钟头,越发觉得不对,可回去的路也七绕八岔,找不回去了,只能硬着头皮往前赶。接着口渴和饥饿也赶来,我瞄着山间的植物,渴望能找些野果子,他却不小心摔了一跤,一屁股的泥巴。我深深觉得我俩的处境荒谬又可怜,可也有隐隐的害怕在心中蔓延。还好迎面遇到两个当地的大叔,给我们指路,再往前就能走出去。

这如同灯塔,给人信念。朋友快速往前走,我却在盘算,为啥没好意思问大叔有没有带水?不过还好,这后悔没有持续太久,我们就找到了一条公路,上看下看,都有人间的味道。心头终于松了口气,朝着下面跑去,遇到一家小店,买了水和吃食,这心慌才终于过去。我俩再说起来,也笑得不行。

他似乎开心了一些,暂时把失恋的苦痛忘记了。或许这段迷失的山路是在告诉他,生活的路途九曲十八弯,会难熬会跌倒,但只要咬咬牙就能挺过来,就能再次遇到坦途。

可是,世事总喜欢捉弄人。

当天晚上,他请我和备备在古城吃饭,吃到一半,便接到了前女友的电话。他不知是激动还是紧张,看起来慌慌张张,起身点了根烟去接,却一去不回。我和备备在桌旁等了半个多小时,见他还不回来,有点担心,我便去找。一家店一家店地走过,终于在城墙边看到有个人趴在墙上哭,我不用再走近,就已经认出了他。

我站在那踟蹰了半天,看着黄昏中的云小心地缱绻着,比任何时候都要温柔,最终也没有去叫他。就让他多哭一会吧,这世界上没有任何事情能阻挡哭泣,幸福也不行。

南方以南

我回到饭店，又坐了一会，他回来了，眼眶还有点红，却若无其事。我就只好也装什么都不知道，问他为啥打了这么久电话。他也坦诚，说前女友要和别人结婚了，顿了顿又说，我以为她是要和我复合的。

他的前女友也是我的朋友，他们分分合合多年，我都看在眼里，走到如今的境地，也各有过错。她如今在分手后不久便选择和另一个人迅速走进婚姻。那人也追求过她很久，隐约听说是高中时代的同学。总之，那是另一个故事了，和此刻坐在我面前喝着闷酒的男人没太多的关系。

我和备备都想安慰他，却也找不出一个好的角度或是例子，只能说些俗套的话，比如你希望她幸福吗？那就祝福她吧。她也算等了你很多年，如今她的人生要往前走了。

他说他知道，他都知道，只是现在很难过。

我懂，我都懂，可又能做些什么呢？只能看着夜晚再次降临，冷风又开始吹起，昨夜停掉的雨似乎还想回来。

人间万事，男欢女爱，也总如这天气循环往复，有起点，却永远没有终点，只要你心里还有惦念。

他说，就交给时间吧，时间会治愈一切。

我却想起安迪·沃霍尔的那句话："他们总说时间会改变一些事情，但事实上你得自己去改变它们。"

隔天，我和备备住进了森林里的一家酒店，每一个房间都是一栋单独的小木屋。栋与栋之间不远不近的,但也都是如果不想靠近便不可靠近的距离。如果人与人之间的距离都是如此,那该多舒适。

森林里藏着寂静,我们躲进小木屋,就约等于成了寂静本身。树木葱茏,冬季也是如此,一整个白天阳光都被遮蔽了,到了下午,夕阳才能勉强闯过那些繁茂的枝叶,在阳台上落下点余晖。

我为这一点点光亮心生慰藉,多日的憋闷在看到它们落在我脚背上的一刻有了些许的释怀。

允许一切发生。这是我近半年来最常用来安慰自己的话,说着说着,也就越发觉得是这么个道理。我们身处在这个巨大且繁杂的世界上,能够实际掌控的东西少得可怜,可又对无法掌控的事情恼火且无力。最后能做的,或者说能让自己好过点的,真的不再是恐惧担忧事物的发生,而是坦然地让它发生、让它蔓延,我们只要想好当潮水快淹没脚背的时候该怎么办,是逃生还是扎进其中。这行为的内在逻辑,最大的部分还是无奈,可如果情绪分等级,那无奈也总比难受要好得多。

然而,在这小木屋的阳台上,在一地碎光的森林里,高原的山脉在树木背后,苍穹弯下身笼罩一切的时刻,我又在这道理中分生出了新的思想。允许一切发生,或许并不只是针对我们外部的世界,它也可以往内窥探,窥探我们的内心,窥探我们的思潮,窥探我们每一个想要努力控制但又无能为力、被情绪淹没的内部世界。

虽然它大多时候是无声的,隐没的,容易被掩盖的,可它也是汹涌的,澎湃的,摧枯拉朽的。

南方以南

我们也要允许这一切的发生，去正视它，接受它，认同它，不难言，不羞愧，不自责。

承认自己是敏感又脆弱的人，这也是一种强大的坚韧。

那晚，山林寂寞，暂别外界，只有孤灯和爱人相伴。我和备备都有点累了，便准备早早地睡去，却突然感觉床在摇晃，头顶的灯也跟着晃。我们愣了片刻，才意识到是地震了，穿上衣服就往外跑。

到了小路上，看到其他房间的客人也慌乱地跑了出来，大家心有余悸但又格外亢奋地讲着刚刚的摇晃。有人掏出手机查了一下，果然是地震了，只是震中的位置在国境线的那端，我们隔着一个不远不近的安全距离。

等到地震和心情的余波都散去，我们又回到了木屋里，却怎么也睡不着了。我和备备躺在床上开始聊天，聊很长久的天。她聊怀孕后身体和心理的转变，要变换身份的担忧和恐惧。我聊自己也有和她同样的心境，还有那些偶尔的敏感和悲观，幸福之内也会藏着一些痛苦。聊着聊着，话就如海水再次蔓延到脚边，就难免聊到了死亡。

她说，如果哪天我死了，你不要太难过，你就去南太平洋上的岛国，一个叫汤加的地方看我，我会变成一条大鲸鱼，你坐在船上，要是看到一条鲸鱼在喷水，那就是我。

我说，如果哪天我死了，你就带着我的骨灰爬上山顶，迎着风扬掉，我想变成一朵云很久了。你想我的时候，哪儿也不用去，抬起头就能看见我。

我们说着说着，都难过了，心里却因着难过，激荡起一种超越生死的暖意。生活中或许有很多的不如意，一刻的情绪，一时的难关，一段日子的失意。这些难过和遗憾，如天空中一朵又一朵的云，你知道它们终究是会飘散的，但你也知道，它们总会再停留一会。

以及——

人生是往前走的，去哪里并不重要。

飞机掠过明亮的早晨

小扑通出生后不久,备备的情绪就开始起伏不定,她时常感到绝望,一点小事便会暴怒,稍有不顺心眼泪就落了下来。

这是产后抑郁症的表现,激素水平的断崖式跌落、初为人母的紧张和产后身体的巨大不适都是罪魁祸首。她自觉情况还在能够控制的范围,也因母乳喂养不能吃药,所以一直挺着,想着过段时间就会好的。可一直到小扑通快周岁时,她还是没能好起来。

一个新生儿的到来会迅速改变一个家庭原有的格局,我们虽然请了育儿嫂,但备备的妈妈还是住到了家里,我的母亲也从东北赶来。她们都想着能搭把手,多少做些什么。

可这些善意的动机不是总能带来好的结果。特别是面对小婴儿这件事,每个人都能提出自己的意见,意见多了,就会有矛盾,可碍于亲疏关系,都只能忍着,忍着的时间长了,心里就会憋闷。外加老人时常会用自己几十年的生活经验来指责年轻母亲的生疏,这让备备心生怨气和挫败感,在这样的环境和语境下,她的抑郁更加严重了。

我却没有意识到，总觉得这么多人帮着搭手看孩子，应该会轻松很多，对于她偶尔枕边的抱怨，也只当作是普通的闲言，说说就过去了。

那段时间，我更多的心思都用在了工作上。我没觉得这不对，长辈们也认为是应该的，一个男人做了父亲，在精力和经济上要负起双重的责任，如果只能留一样，也该是多赚些钱拿回家。

我当时在写一个剧本，前十二集已经改了七八稿，说通过了，过了段时间又开会，表示要从头再来。

这样反反复复了半年多，我好多次想放弃，甚而还写了一封漫长的辞别信，想分发给导演、制片人和策划们。信中我从每个人的角度把事情分析了一遍，表示站在各自的立场都没有错误，可事情就是发展到这么一个难受的结果，我已疲惫至极。

可那信最后还是没有发出去，不为别的，只为我性格中那隐秘的不安全感。这可能是源于童年时代父亲嗜赌导致的家庭贫困，让我在成年后，哪怕积累了一定的生活资本，仍旧觉得如履薄冰，不敢恣意生活；面对事业上的一些机会，哪怕受尽折磨，也总不能痛快放手。

于是，我又答应了制片人，去北京再开次会，并在那会中承诺再重写一遍试试。

从北京回来后，我生了一场病，怕传染给家里人，在酒店住了半个月，每天持续高烧，嗓子痛，咳嗽，牙龈出血。可只要有一点精神清醒的时候，我都在想着那个剧本要如何从头再来。

南方以南

从酒店回到家里后,我仍旧在琢磨剧本的事。备备有时会小心翼翼地问我,你今天可以陪陪我吗?我总是劝她:再等等好吗?等我做完这个活,就给自己放个长假,天天陪你。

后来这事她不提了,可经常和我吵架,或是长久的沮丧。我因工作压力和她的脾气两头夹着搞得内心烦躁,也忍不住冲她吼,她便会深夜离家出走,可也没地方去,跑到江边,被我追回来,这事又算过去了。

这样反反复复了好多次,我精疲力竭,却无意间发现她胳膊上有深深浅浅的刀痕,才意识到她抑郁症已经到了如此严重的程度。我赶紧咨询医生,挂号,但备备不配合去面诊治疗,最终只能采取折中方案,网上问诊,开了些药物。

可药物也不能立马见效,某天她又跑了出去。我跟在后面追,她在街边很冷静地停下脚步,说你别跟着我了,中午孩子该吃辅食,柜子里有宝宝面,你煮一点。

我答应着回去了,转身走了一段路,突然听到她在喊我的名字,那是我从来没听过的声音,似一只飞鸟最后的凄鸣。我掉头就往她那边跑,看她在往公路的中央跑,她是要自杀。刚才那一声是对我最后的呼喊和不舍。我冲过去拉住了她,把她抱在怀里。

我俩抱着在街头痛哭。她哭得撕心裂肺,我颤抖着身子,心有余悸地默默流泪。生活怎么把我们送到了如此的境地?为何又总是以这种激烈的方式让人醒悟?我轻轻拍着她,安慰她,说我不做,什么都不做了,我就好好陪你好不好?

我推掉了那份剧本的工作，给经纪人留言："我不能因为一个项目，把我的生活全都毁了。"我又记下一段话放在心里："宁可薄情寡义一些，也不要活得拧巴。"

我决定带备备出去旅行一趟，虽然青春已过，不再像年轻时一样向往在路上的感觉、迷信旅行可以让人生改头换面，但换个地方、摆脱熟悉的生活方式，至少能重新审视旧的日常。再退一步，哪怕这些都没有，就当给自己放个假，痛快地玩一玩，买买东西，吃吃喝喝，享受庸俗，或许就能找回快乐。

我们把孩子托付给双方的母亲，暂时脱掉名叫"父母"的这件外套，同时也把放不下的担心和责任感一同强硬地撇掉，让自己回归自己，只是自己。

飞机起飞，一路向南，窗外的云层厚重。只有在高空才能目睹到立体的云，饱满，圆润，起伏，有如山峦。

落地清迈，已是夜里。预订的车子接我们去酒店，车窗外漆黑，灯火零星，我们如疲惫的鱼潜入深海，靠在椅背上无话可说。

以前去过泰国很多次，曼谷、芭提雅、普吉岛，在那些地方跨过好多个新年。清迈却是第一次去，一直听朋友说，这是个小清新的城市，有着和曼谷截然不同的气氛。可随着车子驶入市区，我心里一点点起了落差，这座泰国第二大城市，给人的感觉，竟不如国内的一座小县城。低矮的房屋，黑黢黢的街区，杂乱的街道上鲜少有红绿灯，摩托车呼啸着从身边擦过，翻修的路政工程扬尘四起。

南方以南

到了酒店办理好入住后，我们俩都饿了，出来找吃的，却发现清迈并不像曼谷或普吉岛那样，有着几乎二十四小时营业的饭店和大排档。我们住的曼宁路一带，已经是清迈最繁华的街道，可夜里十一点多，店面还是差不多都关掉了。或许是我俩找不对地方，也或许本来就是这样，逛了一圈，发现只有酒吧还在开着，灯光和音乐都暧昧，可惜填不了肚子。

我俩按着地图找到了一家便利店，进去买了便宜的袋装速食小香肠，让店员加热，然后蘸甜辣酱、就着啤酒在门口吃。

多年前，我第一次去泰国时，坐的是红眼航班，落地已经半夜两点多，到了酒店入住后出来找吃的，当时吃的就是这个东西。后来像是变成某种仪式，每次去泰国都会吃，也都会站在街边一边流汗一边喝啤酒。

回到酒店，母亲发来了一张孩子睡着的照片。暖黄的夜灯下，小家伙睡得安静，他不知道父母此时身在另一个国度，他也不懂分离的焦虑。他还处于生命的初期，那里混沌一片，需要巨大的爱和耐心来包围才能生长。

而长大了的我们越发清醒，却也同样需要耐心和爱意，来抵抗新鲜的遭遇和无解的难题，以及，捍卫疲惫时歇息的权利。

我们在清迈的第一个晚上，没有了孩子的哭闹声，终于睡了个久违的好觉。

我有个作家朋友，当时也在清迈。前些年，我俩一起去过越南，他那时在写的一本书陷入困局,想去西贡寻找杜拉斯的鬼魂,谋求附体,给他创作的灵感。可惜到最后什么都没发生。我俩在越南吃吃喝喝了好多天,实在无聊了才回来。之后我大病了一场,连发了很多天的高烧,体重降到了六十公斤以下,倒是顺势把烟戒了,那是那趟旅程最大的收获。

五年过去,他又到清迈寻找灵感,在宁曼路的另一头租住了一间公寓,发誓不写完手头的新书绝不回去。我到的时候,他已经住了一个月,他来我们的酒店找我们玩。我问他写得怎么样了?他说完蛋了,一个字都没写出来。我说那你这些天都在干吗?他说啥也没干,就吃吃饭,逛逛街,玩一玩就过去了。我说你看起来好像胖了很多。他急着去照镜子,说真的,胖死了,我办了张健身卡,也没去几次,我要回国,这个地方我待够了,这里不适合我。

我说不适合你还待了这么久?他说那怎么办?房租都交了,待不下去也得硬待,不能浪费钱。

备备安慰他,说没准哪一天灵感就来了。他却掏出一台相机,说准备放弃写作,做生活博主,这是刚订购的设备。接着他大聊自己的博主计划,说如何拍生活,如何拍做菜,要精致,要传统,没准能成为下一个李子柒。我说那你就叫陈九凤吧。他翻白眼,说我取笑他,转而继续和备备聊天。

他俩都是杭州人,有着太多共同的话题,我在一旁插不上嘴,却也乐意听着。又听他们聊一会要去逛的地方,眉飞色舞的。我那朋友虽在清迈待腻了,但也混得够熟了,每一个好玩的地方都如数家珍，甚至连学校、房产、华人区都能一一列举。

　　备备在和他的聊天中，暂时忘却了抑郁的烦忧，似乎恢复到了我和她刚认识的那个阶段。那时的她，每天都满是活力，马尾就没老老实实在脑袋后面静止过。反而我是忧郁的，沉闷的，每时每刻都有烦忧的样子。那之前，有熟悉我的朋友和我说，希望能有个炽热的人，死皮赖脸地爱着你。

　　我对他的话懵懵懂懂，如远山的一个轮廓。后来遇到备备，那些笼统的概念有了具象，我才明白他说的是什么。

　　可时间如黑洞，把一个满是能量的人干涸成了如今的样子，我每次念起就难免心痛，甚而觉得是自己辜负了她。还好，此刻在清迈清丽的阳光下，我又捕捉到了一丝曾经的痕迹，如逆着的光芒，把一切温柔地包裹。

　　难怪人们都喜欢回到过去。

　　我们仨就这么开始了在清迈的旅行。我这些年越活越古板，或是越活越无聊，对新奇的事物都没了兴趣，但还好脾气也越来越耐磨，不喜欢也不会反对，大多数时间就成了尾随者，跟着他俩的新鲜念头默不作声。

　　我们去了清迈大学，因走错路线，在里面多绕了好几公里才出来。但这宁静的氛围唤起了他俩关于大学时光的回忆，便非要在校门口买校服拍照。在那闷热异常的店里，两人穿梭在塑料模特间，把各种款式试了又试，好不容易定下来，还要再拿着去裁缝铺修改和绣名字。

我在门前等着，要被太阳晒晕。那正在维修的街道，车辆一过就尘土飞扬，我灰头土脸，身上黏腻得很，想洗个澡，可他俩的兴头不减，我就只好再苦苦跟着。之后一直逛到晚上，又去附近的大排档吃东西。吃过之后，我以为可以回酒店了，可两人还要继续逛附近的夜市，在那里挑了好几件衣服，最后发现都是广州货，再退回去……总之，一整天下来，我已经筋疲力尽。但在回去的路上，两人已经在规划第二天的行程了。

我忍不住问朋友，你这些天在这都没出去玩吗？他说没有，一个人有什么好玩的？我说那你之前为什么能如数家珍？他说，因为我这些天一直都在做攻略，就盼着你们来了，能一起玩个够。

那一刻我心如死灰，但看到备备还在神采奕奕地修图，心里的埋怨就卸掉了一点。等回到酒店，洗过澡，我们才想起泰国和国内有一个小时的时差，急忙打开家里的监控，看到小扑通早就睡了。

没能够睡前视频，备备有点懊恼，一边卸妆一边说，我今天都快忘了我是个孩子的妈了。我趴在床上说忘了好，出来玩就是让你卸掉这些负担的。她说你今天看我穿校服像不像大学生？我说一点都不像，倒像是高中生。

她笑，说我也觉得。我也笑，笑完就睡了过去，那身体的疲惫感强烈到甚至可以就此长眠。

隔天是周末，他俩的安排是去逛一个巨大的周末集市，离市区有些距离，所以上午就要出发。到了那里后，集市已经摆了起来，在一片类似公园的地方，门口有个比较大的纪念品店。

这天非常的热，体感有四十多度，我们逛了一会，我就热得受不了。这几年工作强度大，把身体搞得不是太好，冷和热都不耐受。加上对那集市卖的东西都没有购买的欲望，我就和他俩说，你们两个逛吧，我想找个地方歇一会。

那天我的手机出了问题，无法使用，我就和他们约定，你们两个逛够了，去那个纪念品店找我。之后我就钻进了店，找了个角落坐着，可是手机用不了，很无聊，我就开始在里面逛。在试喝了某种茶叶后，觉得挺好喝的，用现金买了一些，想着回去送人。

回国后，我把那茶叶送给了当地作协的老师。送完后我才告诉备备，备备大惊失色，说你知道那个茶叶包装上印的是什么吗？我摇头，说没注意看啊，就觉得五颜六色挺好看的。她说，那是推进同性婚姻合法化的宣传。我心里一抖，又自我宽慰，那位六十岁的老师应该不会注意到这个吧？可那段时间，还是会时不时地担忧，万一他看懂了呢？我自是支持所有以爱为前提的结合方式，可我又怕引起他人不必要的解读，怀疑我送纪念品背后藏着某种暗示。因此又惴惴不安了一阵，才在日常琐事中把这事消化掉。如今想来，也是情景喜剧般好笑的段落，只是这些都是后话。

那天我在纪念品商店等了好久，很想上厕所，也很饿，但不敢离开那商店，怕自己一出去他们两个就回来了。他们找不到我，又会出去找我，我回来等不到他们，又会怀疑他们是不是来过又出去了，便又想出去找他们……如此循环下去，我们将永远见不到面。

所以我只能张望着，忍着，盼着两人快点回来，也祈求天上的几朵阴云赶紧凝聚，下一场大雨，让我们在那酣畅淋漓里相逢。

当我所有的忍耐都趋于极限时，两人终于说说笑笑地回来了，且两手空空，什么都没买。我说你俩就干逛啊？啥都不买都能逛这么久？他俩不明白我的急躁，我也懒得解释，叮嘱他们别离开后，跑去了外面的公共厕所。那里却也在大排长队，我一边深呼吸一边怨里面的人动作太慢时，倒也悟出了个没用的道理。

人类的所有焦急都是身体内部的焦急，它被外部事件迷惑，也被表现所包裹，呈现出一种以为是理智上的判断，实则，人在那样的时候理智并不存在。

下午我们离开市集，稍做休整，又赶往古城逛夜市。那个夜市有全球十大夜市的美誉，作为游人自然不能错过。

前几年，我和备备去过一次琅勃拉邦，在那个小城的每一个夜晚，都是靠逛夜市度过的。相比于白天的市集，我更喜欢夜市，它除了没有毒辣的太阳，还拥有着只属于夜晚的懒散，逛起来没有浪费光阴的负担。闲散地走过每一个摊位，在那一盏盏明亮的灯泡下，路过一个人辛苦的营生，这仿佛才是确切的人间图景。

我们打了一辆车前往夜市。一下车，一整个东南亚的黄昏就挂在了眼前，古城的所有屋顶和佛塔都在淡粉色的余晖和燠热的空气里飘浮，那是平常日子里难遇的神迹。

我被这景色击中,那颗藏匿许久的旅人之心终于被唤醒,放出豪言,今晚咱们必须大逛一场。备备学我爱用的东北话,说你终于支棱起来了。朋友爱讥讽,说你也就在夜市才有购物的底气。

我懒得理他,径直走入了夜市的入口。人潮汹涌,我喜欢淹没于陌生之中,那是一种喧嚣但又万籁俱寂的安全感。

可是那晚,我也没能如愿逛到尽兴。在逛了差不多一半的面积后,我感觉大腿内侧有些不舒服,应该是这些天为了方便旅行穿的一次性内裤出了问题,可能太炎热和皮肤摩擦过敏了。但我没好意思说,就坚持继续逛,他们两个兴致也很浓,各自买了一堆东西。

但我越走越疼,到最后都有一种火辣辣的刺感了,便想找个地方坐会。他俩又说我娇气,我也感觉对之前放出的豪言有些亏欠,就又硬着头皮逛了一个多小时,直到他俩也累了,时间也到了夜里十点多,我们才回了酒店。

回到房间,我急忙去洗澡,看大腿内侧起了一片红疙瘩,连热水碰到都痛得不行。我没好意思和备备说,她曾阻拦过我用一次性内裤,但我懒得每天洗内裤,便偷偷在用,这次也算是自食恶果。

快凌晨时我们终于睡下,备备很快呼吸均匀,我却疼得睡不着,被子一碰就疼。我想出去买药,可这个点药店都关门了。最后想起备备说过,她用来擦脸的某款面霜有镇定的作用,就蹑手蹑脚地下床,偷了一点涂在大腿内侧,凉哇哇的,果然舒服了很多。

那一夜,我也终于能够睡去了,只是梦里还在逛那夜市,走不完的长巷几乎成了噩梦。

清晨时下起了雨,我松了好大一口气,终于有不出门的理由了。但他俩还是约定要去一个遥远的艺术乡村,他们说东南亚的雨都是一阵一阵的,下点也好,凉快。

无奈,我只好把大腿过敏的事情讲出来,两人笑了好一阵,才算放过我,我因此有了难得的清闲。吃过早饭,天果然放晴了,我腿上的过敏也消退了下去,便去酒店的游泳池游了会泳,又躺在泳池边的长椅上看书喝香槟。这才是我喜欢的度假方式,轻松,惬意,时间慢慢打发,身体越慵懒越好。

但我也不反对那些赶场似的旅行方式。世间的好景那么多,多看一个是一个,那样充足的行程、热忱的忙碌是生命活力的一种反映,是求不来的热情。这些对于我这个向来对世界满是倦怠的人,都是可望而不可即的事情。

那天我午觉睡醒了后,又去做了个推拿,筋骨放松地回来,却见备备已经在房间里了。我诧异她为何回来得这么快。她说没什么意思,逛一逛就逛完了,又说,我害怕你一个人无聊,就想着早点回来。

我说你不用管我,你自己玩得开心就好。说完又有些隐隐的担忧,怕她这几天看起来的轻松开心有强打精神的成分。她是心思细腻又多虑的人,会因担心我的担心、怕我的心意被辜负而努力演出欢喜。

她没说话,已经在卸妆。我看着她的背影,小心揣度。或许我猜得没错,她并不像表现出的那样愉悦,这些天她一直在服药,吃了药的人只会有不悲不喜的平静。

但她卸好妆后，突然转身抱住了我，说谢谢你。

我受宠若惊。她继续说，谢谢你带我出来玩，我感觉自己好多了，我之前不该那样，我不该想死，我们都要好好地活着。

我一下子就红了眼眶，知道那是抑郁好久的人终于在体会到了一丝幸福后才会有的心境。是冰河解冻前的一缕春风拂过让冰面有了裂纹。我轻轻地抱住她，说我明白，我都明白。两个人在一起久了，不说的总比说出来的要多，但那些藏匿在心里的话，只需一声叹息或一个眼神，就都懂了。

那天傍晚，我俩拉着手去宁曼路的小广场转悠，那里有美食摊位，我们买了烤龙虾和冰啤酒，找了个空位置坐下吃。

小广场的中央舞台有人在演奏小提琴，都是很经典的爱情歌曲。演奏者在演奏了几首英文歌之后，看周边的华人渐多，就拉了一首《我只在乎你》。可能是最近经历的事情太多，也因婚姻生活渐渐明白了生命中相守的不易，我在听到那熟悉的旋律时又红了眼眶。

我把那演奏拍了下来，分享给了我的一个朋友。他那时刚离了婚，我并不是想刺激他、让他难过，只是突然很感慨，便在后面跟了一段文字："爱情好不容易啊，婚姻也是。但爱情也是最美好、最公平的，不管贫富贵贱，每个人都有权力拥有它。"

朋友过了会回复我，只有四个字：好好珍惜。

当天夜里又下起了雨，酒店的花园里有一处门廊，我和备备坐在那里，一边听雨，一边感受热带夜里难得的凉爽。我俩似乎好久没有这么安静地、心绪平和地只是坐着了。从怀孕开始，这两年的日子兵荒马乱，都快忘记日子还可以如此闲适。

我们虽然都明白，要为了新的身份，割掉一部分的自我，却没想过，会如此的伤筋动骨。

那晚我俩聊了很多，生活琐碎，有的没的。她说有点想孩子了，想亲亲他的小脚丫。也说这几天她一直在反思自己，之前做得还不够好，想法也错了，不能觉得孩子是负担。她曾经非常渴望有个孩子，但不能只渴望孩子的可爱、做母亲的仪式感，还有用他构建完整的人生图景，与之而来的那些痛苦疲累担忧责任，也要照单全收。

我想起之前看到过的一段话："一个三十多岁的男人在日记里写道，其实我更喜欢好多年前的自己，他比我有胆量，比我遗憾少，也比我懂得少，但比我相信得多。"

我把这话说给备备听。她说，那你是后悔现在的生活吗？我说不是。我没有说谎，我很珍惜现在的生活，我之所以喜欢那段话，是因为我对它有自己的解读。有了备备和孩子以后，我变得更古板更胆小也更不敢轻易相信他人了，我怕因一些错误的事情导致她和孩子失去保护和照顾。我把自己的需求退居到次席，也把自己越发地封闭起来，是觉得，有他们就够了。天地之间，什么叫浩大呢？散布四海的好友，维系不过来的，人最后都是守着身边的人过日子。

我把这些讲给备备听，她把身子靠过来，躺在我的腿上，不再言语。我也收住了所有心思，只惦念此刻的柔情。或许多年以后，我们都会怀念这个漫长的雨夜。

几天后,离开清迈的早晨,我和备备去吃早餐,露天的院子里有好多陌生的花在开放。我看着她轻快地去点餐的背影,心里有些久违的动容。抑郁症是潜伏在身体里的怪兽,它不会被消灭掉,只会暂时隐藏,再伺机而动。但不管怎样,这一次我们暂时战胜了它。

我拿出手机拍备备的背影,却拍到一架飞机从头顶掠过,低低矮矮,掠过明亮的清晨。

我想起自己的青春时代,有过好多模模糊糊的忧虑和憧憬,看头顶飞机飞过,就想着它能带我去远方,或是未来。

而现在就是未来,也是远方。我站在此时此刻,回望过去,发现时间果然是包治百病的药方,但并非去根的仙丹。一切过去的,还会换个样子重新到来,困难不是顽石,而是连绵的山丘,翻过一座,还有另一座等在前方。

可这就是生活之旅,别无他法。我们只能不懊丧,不消沉,累了就歇歇脚,歇够了,再爬起来往前走。

循此苦旅,以达星辰。

你是心中最美的遗迹

1

我和朋友决定去遥远的东海小岛上看一看。

五年前,我俩因冲动在那里合买过一套海景公寓,办完手续后,来玩过一次,后因忙于各自的生活,再凑不上时间,直到小区的物业不作为,业委会成立后又从中牟利,把小区治理得几乎成为荒野。在业主们联名抗争后,终于得以解散业委会,老物业也跟着撤退,我们不得不赶过来处理许多的遗留问题。

我们在下午登船,风浪巨大,我虽占据了一个靠窗的位置,从我的角度望出去,吃水线遮住了半个舷窗,我盯着那摇晃的海水,太近了,呈现出灰色的细节,托着我的眼球上下起伏。当我感到不适决定挪开视线时,已经来不及了,眩晕感控制住整个脑袋,往胃里蔓延,我从口袋里掏出两粒口香糖塞进嘴巴,觉得应该管用,却又想起这是对付高原反应的招数,对晕船来说不知有没有效果。我又从包里翻出个橘子来,凑到鼻子边,深深地吸了两口,这下感觉舒服了一些,却也分不清到底是哪个起了作用。

抵达码头时，已是夜里，人和车子一起登岛。我们开着车子按着旧时的记忆往公寓开，几年间岛上新增了几条路线，我们终究还是开错了，也失去了对记忆的信心，便打开了导航，才得以谋到终点。

房子这几年有当地的中介在管理，偶尔在假期会被当作民宿出租，我们管中介要了门锁的密码，开门进去，却不是想象中的破烂、凌乱，竟有些整洁的味道，我俩都心头一宽，对于这疏远的房子又有了些许情感的回温。

我晕船难受，没有食欲，朋友便独自去觅食。我倒在床上，另一侧的窗户正对着大海，深秋的海风硬朗，到了夜里也不轻柔，海浪就跟着汹涌，整夜不停歇，门窗关紧也无济于事，涛声细瘦如刀，撬开缝隙灌了满耳。

我迷迷糊糊睡了一会，朋友带了啤酒和烧烤回来，非拉我起来尝一尝，说是别人推荐的，海岛最好吃的烧烤。我耐不住鼓动，也是真睡不着，便起身吃了点，味道一般，顶多算不难吃，就多喝了两杯酒，把人喝精神了。有一搭没一搭的话语，变成了绵长的对谈，聊这几年各自的境遇，喜忧参半；聊世界的格局，一知半解；聊人生的走向，没有头绪。聊到快天亮，海涛依旧，才说着睡吧睡吧，回到各自的房间，要再静心许久，那睡意才重新漫上来，把人淹没。

2

一年前，我刚当了父亲，孩子百天刚过，一直看护他的月嫂因有事请假回家，说好的一周，却一去不回，还不明缘由地把我们都拉黑了。新的月嫂一时找不到合适的，正好母亲那段时间来杭州小住，她便主动提出来帮我们带孩子。我们一开始只是想着过渡一下，但随着母亲带得越来越顺手，我们有了让母亲长期留下来的想法。

母亲虽也想留下，但也惦记着在老家的工作，那是一份稳定的收入，于是我和妻子讨论过后，商定了个数额，每月给她发工资。母亲没了顾虑，便在我家长住下来，只是偶尔会担忧在老家的父亲，一个人能否把家照看好。她开始总说，把孩子带到三岁就回去，心情好的时候又说，可以一直帮我们把孩子带大，接送上学什么的也可以。我也在心里埋下些种子，想着在家附近弄套房子，把父亲也接过来，这样既能相互照顾，也不会产生因年岁和习惯而住在一起的不便和冲突。

之后日子平顺地过了一年，直到两个月前，她回老家参加婚礼，又在那头住了段时间，等她再回来，孩子已经对她生疏了。那段时间正好赶上孩子的睡眠倒退期，每晚都会哭醒，我只要听见哭声，就会从自己的房间跑过来哄，母亲则去另一个房间睡。

有天凌晨孩子又哭醒，我过来哄了好久才勉强安抚躺下来，母亲这时推门进来要替换我，我不敢出声，怕一说话孩子又坐起来闹，就急着摆手让她出去。母亲退出了门外，等到早晨孩子睡醒了，我起身去母亲房间喊她，她却板着一张脸说，你不想让我带孩子就直说，没必要像狗一样往外撵我。我听了很诧异，就没好气地解释了几句，然后妻子过来照顾孩子，我回房间补觉，一会妻子抱着孩子上来，说你妈要回老家。我心里腾地冒出好大的火，但也觉得母亲

南方以南　　231

只是说说而已，不会真这么做，便让妻子去劝一劝，谁知根本劝不住。

我听到关门的声音才爬起来去追，一路追到小区门前，也没见到人，打电话也不接，我再往小区的另一个门跑，还是没人。我便给她发了一串语音，说要和她聊聊。她也不回，我给老家的大哥打电话，让他联系母亲试试。过了一会儿大哥回话说她也联系不上，直到一个多小时后，才从大嫂那边传来消息，说母亲已经在机场了。

我听了这消息心里的火气更大了，觉得整件事莫名其妙，就又给母亲发信息，觉得她怎么这么无理取闹，还说了一些很重的话，母亲统统没回。到了晚上，我接到父亲的电话，说你妈到家了。我整天的愤怒在这时有了些消减，半悬着的一颗心也终于放下，但还是觉得憋屈，胸口烦闷，几乎整夜未睡。我想给这件事下结论，可思来想去，也不知如何下，最后只剩一地鸡毛里的一声叹息。

3

岛屿的早晨，有着清丽的明媚，可惜我睡眠不足，只剩昏沉。朋友也是，连喝了两杯咖啡，才勉强打起些精神。我俩赶到物业处，那里一片乱糟糟的，新的物业公司刚接手，一切还在整理当中。

我们要处理积压了五年的事宜，交物业费、水费，办理水表更换，签一些委托文件，联名一些诉求，等等。事情在一件与一件之间都有着漫长的等候，我在几近烦躁时，不得不和朋友承认，这房子似乎在变成累赘。

从物业公司出来时已经是下午，我俩匆忙吃了口饭，又去银行和供电局接着等候。房子买了五年，电费一直都没过户，可是到了才发现，需要前户主本人到场才能办理。

于是我们便急忙联系了前房东阿姨，可惜阿姨不在本岛，而是在乘船需一个小时的枸杞岛上。好在阿姨的丈夫打了个电话过来，同意用委托签字的方式来办理，我们才在周五供电局下班前，惊险地把过户办妥了。

阿姨听说办妥了，便邀请我们到她家玩，枸杞岛是她的老家，她前几年把岛上的老房子改造成了民宿，这几年邀请过我们很多次，每次我们都答应，却又出于各种原因没能去成。这次因所有事情都有了着落，心里的烦躁也有所消弭，便想着不能再辜负她的盛情。

隔天上午，我们乘坐一早的渡轮抵达了枸杞岛，我仍旧晕船，但很幸运，忍住了呕吐。在踏上陆地的那一刻，我如卸下巨大负担般松了口气。

阿姨家距离码头有十分钟的车程，岛上的出租车极少，所以定价很高，起步价五十块，也不打表，全看司机的要价，七十块、八十块、一百块地往上翻。我们出码头慢了些，大部分出租车都坐满了人，好不容易拦下一辆，答应拼车的，价钱却也没减少，我们没资格讲价，且感叹自己好运气，不至于没车可坐，在面对匮乏的事物时，匮乏就成了珍贵。

阿姨早早地在家附近的路边等我们，我们一下车她就冲我们挥手，我们迎上去，几年未见，她未见苍老，还是精神头十足，我俩倒是因经历各种家庭和婚姻的事情有了疲态。她先说朋友胖了，又说我瘦了，几年的人生转折，如果只用这笼统的外形变化便能囊括，倒也是一件幸运的事。

阿姨家的民宿是三层小楼，每个房间都有巨大的落地玻璃，据说是费了好大的劲才运上岛的。我俩被安排在二楼和三楼的两个房间里，阳台正对着海面，另一侧是小山，把所有依山而建的房屋和我们拥抱住，我坐在阳台上发呆了很久，竟有了一种久违的踏实感。

在岛上的午饭，当然是海鲜为主，鱼类、贝类、蟹类、虾类，还有好几道我闻所未闻的菜肴，我试着吃了几口，倒也都是鲜美的味道。阿姨的丈夫近年退休，但还保持着官场的通达，陪我们喝酒、聊天，并不因初次见面有所生疏，我们也就卸下了拘谨。话题也就涉猎得非常广，从家长里短到海岛风情，从人生脉络到世界格局，直到酒杯见底，还不尽兴，仿佛一直说下去，可以把下一顿饭都续上。阿姨则体贴地把我们叫停，让我们去休息一会，说我们下午还准备出去转转。

我和朋友约定了个时间后便回到各自的房间，我在阳台上坐了会，有些困，却又睡不着。我逼着自己躺在床上后还在想着刚刚聊过的话，阿姨的女儿曾在北京最大的律所任职，却突然辞去工作去考博士，专业也换成了考古。作为父母，他们虽支持，可也难免担忧。

我作为子女，也作为父母，两边的心境都能理解，父母和儿女或许永远处于一种相互依附又相互拉扯的状态。想到这里，我难免又念起了和母亲的矛盾，心头一阵焦灼，那午后就失去了睡眠。

4

母亲离开至今，我们没再有过任何联系，我从大哥那边侧面打听，他只讲母亲和他哭诉我的种种不是，每一个要点都听得我匪夷所思，她对自己的行为却只字不提，只是一再坚定地表述自己没有做错，这样的母亲，让我感到十分陌生。

我的童年时代，对于母亲并没有太多温存的记忆，由于父亲的嗜赌成性和身体羸弱，导致家庭拮据甚至贫困。母亲那时也并没有显现出扛起一个家庭的韧性，只是如一般的农妇般，做好本分内的活计，对于丈夫的行径并不干预。

现在能记起她对我偶尔有的几次体贴，一次是我过生日，她一早去镇子里买了蛋糕回来，吃饭时切开却发现早已过期，蛋糕如石膏般无法下咽。另一次是我午睡醒来，人发蔫，她觉得我发烧，背着我去诊所，却发现身体正常，便在回来的路上主动给我买了点水果。

剩下更多的记忆，都是她对于我的不闻不问，我被学校选为领操，需要一双白球鞋，再三叮嘱她，甚至夜里哭泣，她才在表演的当天把鞋子送来，可那时表演已经结束。学校举行运动会，需要跑步的运动服，我回家和她说，她仍旧不理会，于是我只能穿着长裤去参加比赛。我某天中午放学回家，家门锁着，我饿着肚子四处找她，却发现她在打麻将，根本忘记了给我做饭。这样的事情比比皆是，我那时不懂，连委屈都不太明白，长大后倒是深想过几次，却又站在她的角度去思考，或许是父亲的常年不在家，让她对生活以及孩子，也失去了本来的热心。

后来出现更恶劣的事情，父亲在一个冬天消失了几个月，过年也没有回来，等过了正月出现后，却背上一身的债。他吓得没法，害怕讨债的找上门，便带着母亲连夜跑走，不知了去向。讨债的追到家里，奶奶把我藏在老屋里，我透过门缝看着几个凶神恶煞的男人翻箱倒柜，都不敢用力呼吸，那几乎成了我童年里最深的噩梦。

父母消失了两年后才再次出现，那时大哥已经在爷爷的操持下完婚，他们便把我和二哥接到了另一个遥远的城市，在那里他们重新扎根，试图开启新的生活。父亲卖鱼，母亲在饭店做面点师傅，生活步上了另一种正轨，在租来的小房子里，这个家得以囫囵的团圆。

可仍旧是好景不长，父亲在那座新的城市里，秉着物以类聚的古老预言，再次结识了一些爱赌博的人，他的日子又回归了常态。有年春节，大哥一家赶来过年，对于赌博的事情，我们与他展开了一次长谈。父亲自然是不接受我们的指摘，也不愿承认父亲角色的失职，到最后难免吵了起来。主持公道的任务就落在了母亲头上，可她却发表了另一番匪夷所思的言论，说你爸就这点爱好，轮不到你们管。

我那时觉得荒唐，后来大了开始写作后，又试着去替她圆上这个逻辑，或许在她心里，对于父亲的爱，要远远大于孩子和家庭，且那爱的力度已超出了世俗所理解的范畴。我这么说服自己，但并不赞同她的做法，在之后的几年里，她也因自己的理念而付出了长久的辛苦和代价。

母亲那些年，从面点师傅做到冷面师傅，又从厨房长做到店长，被老板信任，全国很多家分店开业时，她都被委派过去帮忙初期的建设和打理，大连、青岛、深圳等地她都待过，工资自然也有了显著的提升，可赚来的大多数钱都被父亲赌博输掉，转眼十几年过去，她都没能存下一丝积蓄。又由于长久和父亲两地生活，父亲和别的女人有染，她赌气辞掉了那份工作，回到家里和父亲大闹了一阵，最终从家里搬了出去。

我那时已经在北京工作，写书、出书，年复一年，生活上早已与家庭脱离，听到消息后回去，见母亲一个人租了个单间住，冬天暖气不足，窗帘一拉开，窗外的冷风就透过玻璃飕飕地往里刮。

她忧伤又愤怒，不知自己辛苦这些年，为何会落得这么个下场。我环顾四周，把这间小房子打量清楚，也把母亲的过往看得透彻，这境遇的核心问题当然出在父亲身上，但母亲自身的抉择也占了很大的部分。

我建议她可以离婚，我早对父亲这个人失望透顶，前几年他出车祸，断了几根肋骨，我从北京赶回来在医院照顾，和他长谈了很多个深夜，以为他能改过，却在快出院的某个夜里，他突然从病房消失了，最后在一间新小区的毛坯房里找到了他。他佝偻着身子，在那稻草垫着屁股的地面上发着牌，看我铁青着脸进去，并不觉得羞愧，还在向赌友们介绍着我是他的儿子。

南方以南

母亲说自己也想过离婚,但是结婚证不见了,又列举了一些杂七杂八的原因,在我看来都是不值一提的事情。她最后下总结,说就先这样吧,离婚和不离婚没差别。我不懂为何没差别,却也能听出她所有的言语里,都在给不离婚找理由。

我也懒得再劝,之后想约着父亲聊聊这事,他却躲着不见我。我回到北京后,心里还放不下这件事,特别是一想到母亲住的房子,心里就不是滋味。我那时刚刚开始能多赚一点钱,就找了当地的中介朋友,表达想买房的意图,中介拉着母亲四处看,母亲最终看上了一处两居室,精装修,我回去付钱,又办理完相关手续,把新家按照母亲的心意布置好才放心地离去。

那年春节我回去过年,开门发现父亲也在,之后才知道,他们两个和解了,和父亲有染的女人看穿了父亲没本事,甩掉他跟了另一个男人。母亲因有了新房子,人心安了,也因此变得宽容。她和父亲说孩子给买了房子,是希望两人住在一起。我不知这是借口还是她对于我心思的揣测,总之,他们各自有了台阶,便各自就坡下驴,这些年的颠簸离合,也因这栋房子的到来,告一段落。

5

下午的时候,岛上突然起了风,我和朋友带着些酒意出门,在街边的咖啡馆买咖啡喝。老板是个年轻女性,上海人,前几年来岛上玩,就喜欢上了这里,从村委会那里租下了一座仓库,花了一年的时间,改造成咖啡馆。

现在是淡季，咖啡馆没什么生意，一片巨大的落地窗正对海面，海面灰蒙，天空也一样，萧瑟和孤独感成倍地叠加。我们和她闲聊，我问她一个人在这，不会感到寂寞吗？她眼里恍惚，似乎闪过一些事，开口却说不，说无聊的时候，就会在岛上转悠，看一些岛民的生活，那些能让她平静。

我不便猜测，一个人因经历过何种事情，可以决心抛下身后繁华的城市和人际，来到这里长久地守着一座岛。光凭喜欢真的就够了吗？我本身持怀疑态度，人与过往的关系似脐带，剪断剥离都有痛感，剪刀若握在自己手里，还算快意，可大多的离散，都是被动，是不甘，是割掉后还想藕断丝连。

我和朋友离开咖啡馆后，打了辆车子前往无人村，那里曾经是一座渔村，鼎盛时期有超过三千人居住，但随着二十世纪八九十年代渔民们因交通不便、海产减少等原因陆续搬离，村庄至此荒芜了下去。

前往无人村的道路，狭窄又兜转，一条小路上盘下绕，处处都是惊险，只这一来路便能窥见，当年没有车辆的渔民们，挑着扁担把鱼鲜运出来，要费多大的力，吃多少的苦。

2021年，这个幽闭的无人村落，被《每日邮报》评选为全球二十八处被遗忘的绝美景点，中国最美遗迹，自此走红。很多年轻人和摄影爱好者纷沓而至，爱搞怪的称这里最适合拍鬼片，有文艺情调的管这里叫绿野仙踪，地方政府便顺势把这里设为景点，它就此成了这小岛上新的招牌。

南方以南

我们抵达时，已经是下午四点多，天气不好，有了提早黑天的预兆。门口的工作人员提醒我们要尽量快点出来，天黑下来这里不安全。我们小心地迈入村落，入口是一座龙王庙，仍有香火却不见人影，无声无息地看管着一方土地，镇压海兽。接着是一路漫长的下坡，村庄在眼前渐次展开，一栋栋空荡的房屋，外墙爬满藤蔓，让所有的遗弃有了颜色，它们是新的主人。

再往里面深入，桥是桥，路是路，仍旧维持着曾经的模样，有损坏，也有坚韧，走在上面难免会去幻想，在村庄的鼎盛时期，烟火冲天，孩子们欢笑着奔跑而过，老人们坐在门前晾晒鱼干也晾晒自己，一艘渔船靠岸，几家子的壮年男女，把海产提上岸，用目光去判断是否又是一个丰足的年。

然后海风四起，时代的风浪无声刮过，外面的世界变得更为精彩，有人耐不住寂寞，有人想要更便捷的生活，有一户人家的灯先灭掉，另一户人家也不再有倦鸟夜归。生活成了逆流的海潮，把人裹挟其中，二三十年把村庄席卷得空无一人。路还是路，桥还是桥，只是不再有人踏过，直到长满青苔。

6

几年前，我准备要结婚，买房装修一件事一件事地操办，短时间内要付出一大笔钱，手头就显得拮据。我想起之前存在母亲那里有十万块钱，便要拿回来，母亲却告诉我用得只剩一半了。她把钱转给我，还加了一句话，说爸妈没本事，帮不了你。我听着难受，只觉得他们终于肯坦诚自己做得不够,这点些许的宽慰,就足够让我掉下眼泪。

好多年前,我也因为钱的事哭过一次,那时我十五六岁,有次临时要交一笔学费,好像是几百块。我回到家里找不到父亲,就去母亲工作的店里管她要。她铁着一张脸说没有,那语气像是我做错了很严重的事情。我当下委屈,就掉了眼泪,她却还在骂我,让我到一边哭去。后来店里的阿姨看不过去,给我拿了钱。我捏着钱离开,在一路的公交车上一直在和自己说,以后要努力赚钱,再也不靠他们。

那个受伤的少年长大后,确实一直秉持着这份信念,后来不知是因为健忘,还是想着换种模式去疗愈自己,便主动不去想那些伤害,而是用对他们好的方式去抹平疤痕。

在我刚开始工作时,有年冬天我去大连看望母亲,领着她逛商场,给她买了一只两百块钱的口红。她开心得不得了,说我竟然也能用上这么贵的口红了。她生日的时候,说想要一个金戒指,我刚交完房租手里没剩多少钱,但还是凑一凑买给了她,她却在过年时当着我的面把戒指送给了我大嫂。我看得明白,她是想弥补另一种亏欠,可我心里却不太是滋味。

在我又能多赚一点钱的时候,母亲要拉皮割眼袋,我在她工作的城市给她找了家医美的医院,她做完手术后戴着墨镜上下楼,却因看不清台阶摔了一跤,腿骨折了。我赶去那里,交了住院和手术的费用,在医院照顾了她几天,二哥和父亲来接手后,我才离去。

他们因年纪大了，想要回老家看看，又碍于当年离去时还残留债务，我懂这心思，便和他们统计，算账，之后一一还清，他们有了底气和面子，便时而回老家长住，却也未曾对我说过半句感谢。

我那不学无术的二哥，陷入三角债的拉扯，被人起诉。母亲让我帮忙，我在电话里和她吵，狠心说不管。她就哭着求我，我最终还是没扛住那份没来头的心软，把刚收到的一笔版税全都打了过去。事情平息后，这笔钱便没有人再提起过，也没有人说该由谁来还我。

这些事情，在之前我甚至都不愿想起，只觉得自己多年如此做下来，那伤口应该快被填平了。却不想在这次母亲决绝地离去后，它们又成了新的刀子，把连同过去的怨愤一同剜了出来，我不明白，我所有的心软和付出，为何会换得这样的结果。

这世间不是该有规则吗？以德报怨，以心换心，都该有好收成的，何况还是父母与子女之间，不是更应如此吗？

我想不明白，却也在恍恍惚惚中意识到，或许他们是天生的冷漠，也或许是孩子众多心力分散，更或许他们就是真的不心疼我。

7

那天离开无人村时，天已经暗了下来，有海雾顺着古老的码头飘进村子，把村庄笼罩成一股哀怨。

我和朋友慢悠悠地走回头路，要往上爬很多的台阶，我看着走在前面的几个老人，他们曾是这里的村民，现在是这里的工作人员，到这个点也要回新家了。他们从早年就已习惯了这攀爬，所以脚步并不显得疲累，我们则被落在后面好一段。

看着那些渐渐远去的背影，我想起那本叫《目送》的书，里面讲所谓父女、母子一场，只不过意味着，你和他的缘分就是今生今世不断地在目送他的背影渐行渐远。

我如今成了人父，自是越发懂得其中的深沉和无奈，却也在此刻恍然明白，其实作为儿女的我们，和父母的关系不也同样是目送吗？

你一年一年地长大，看着他们一程又一程地衰老，走向无法理解的固执。这一段又一段的山路里，潜藏着无数的抗争，你年少时不服管，却渴望疼爱。如今他们不服老，还想要刚强。你以为他们会因年老生出更大的智慧和包容，却没有，或是还没到甘心认输悔悟的年纪，你要等，你无计可施，他们也同样。

但最终，时间的悬崖上，会把所有尖刀都蚀钝，海浪会平息，他们会彻底离开，消失在一片浓雾里，再也不见。接着岁月会接手，把记忆打磨，恩仇同消，让他们成为你心中最美的遗迹。

给小扑通的一封信

亲爱的扑通小朋友：

我在你出生十五天的深夜里，开始别别扭扭地给你写这封信，但初衷并不是让你长大后看到它，而是为了记下我此刻的心境。因为往后的日子里，你会长久地陪伴我们，我怕这陪伴成了习惯，就让我忘记了此刻初拥有你的欣喜。

你是早产儿，虽然这点你妈妈反复叮嘱我不要提起，说怕你会自卑。我并不理解早产儿的自卑点在哪里，琢磨多了，便清楚了这不是你的自卑，而是你妈妈的自责。她在怀你三十二周的时候，为了健身爬了一百层楼梯，之后就开始肚子疼，被送去了医院保胎，并且因这一举动而全医院闻名。换班的医生来看望她，都说不用介绍，我知道你是那个爬了一百层楼梯的孕妇。于是我就给这个事件起了个名称：是女人就上一百层。

在是女人就上一百层事件后，医生叮嘱一定要尽量平躺着，于是你妈妈丧失了行动的自由，尝到了物极必反的滋味，并对自己的行径后悔不已。可躺了两天她又开始重新评定此次事件，说自己只有百分之五十的责任，另外五十要怪你在肚子里不老实，总是连踢带踹的。

她这么说也不是完全没有依据。因为就算她出院后，谨遵医嘱活得跟高位截瘫似的，宫缩还是经常发生。再去医院，医生说是因为你的胎动太频繁了，超过了百分之九十八的胎儿，加上你妈妈肚皮比脸皮还薄，你踹一脚，她就宫缩一次，于是在第三十四周的清晨，我们又住进了医院保胎。

之前用过的药已经不起作用了，医生征求了我们的意见，用上了被称为全世界最好的保胎药，保胎药中的"爱马仕"。那药打上之后，果然立竿见影，宫缩一下子就抑制住了，你妈立马坐在病床上大吃大喝，我也因为心情放松，忍不住点了个比萨。

我俩边吃边聊天，说这药真管用，可就是太贵了。你妈说咱俩别当着你的面聊这个，万一你是个小抠门，一听要花这么多钱，不干了，急着跑出来咋办？

没想到她一语成谶。在医院待了几天后，你妈妈又开始宫缩了，叫了医生来检查。医生做了内检，之后一脸沉痛地说，宫口已经开了，世界上最好的药也保不住了，准备准备，直接进产房吧。

医生护士出去了，说十五分钟后来接我们。我和你妈都有点愣住了，但也互相安慰，生就生吧，早生出来早利索，不遭这罪了。然后我开始瞎收拾东西，可也不知道该收拾啥，还装了本书进包里。你妈说把她的化妆包带着，她进去之后要化妆。我情绪突然有点激动，然后把病房里的十几颗荔枝都吃了，吃的时候手都在抖，有几下忍不住地想要掉眼泪,但都控制住了。我想着等到你出生那一刻,我肯定会大哭一场。

接着医护人员把我们送进了一体化产房,就是那种我全程可以陪护在身旁的产房。进去后麻醉师先给你妈妈打上了无痛麻药,医生判断要凌晨宫口才能全开,所以这段时间让你妈妈好好休息。

可医护人员刚出去,你妈妈就拿起了化妆包,开始大美妆,说是要美美地生产。我穿着防护服坐在一旁看着,觉得这画面非常荒谬。接着我一小时前点的外卖到了,保安帮我送到了产房门前,我出去拿,里面还有一罐啤酒。我点餐的时候,想着晚上没事喝一罐,但没想到此刻已经转移到产房里,一小时之间,风云突变,这啤酒的出现太不合时宜了。老婆在生孩子,老公在喝酒,这传出去要被骂的。我就和保安说,这啤酒送给你了,我都进产房了,就不喝了。结果那保安素质很高,还和我客套,说不能收不能收。我急了,说那你就帮我扔了吧。他又莫名其妙地说谢谢谢谢,然后拿走了。

我在一旁吃外卖,你妈妈还在化妆。我说咋一点生孩子的庄严气氛都没有呢?你妈说是,打完无痛啥感觉都没有了,好无聊。

我说那我们就眯一觉吧,要不一会生孩子没力气。你妈妈说我能睡得着吗?我可是要生孩子了,我兴奋。我说那我眯一会,我好困。我躺在沙发上眯了一会也眯不着,就拿起带来的书看,你妈妈在一旁自拍,一会又和别人视频,说你猜我在干啥?我在生孩子!我就和你奶奶也视了个频。你奶奶说:啊?无痛是不是就是打麻药啊?打麻药对胎儿是不是不好啊?我记得我生你的时候也不疼啊。

我说停止你的愚昧发言,你当时应该是疼得失去了记忆……

凌晨三点多,医护人员进来检查,发现宫口已经全开了,说再待半小时,马上进行生产。我和你妈一下子就紧张了起来。我问医生,我除了剪脐带还能帮着做点啥?你妈说你给我多拍点照片和视频,特别是孩子出来那一下子的视频。医生说这种视频不能拍,你就帮着产妇鼓劲吧。

接下来我就化身成了助产士,全程跟着医生的口号,陪着倒数用力54321。我一直以为很惨烈或是很震撼的生产过程,原来并没有那么有冲击力。我看着你的头一点一点出来,在每次你妈妈用力休息时都拍照片给她看,画面也是有些莫名其妙……

总之生产很顺利,差不多二十分钟你就出来了,还没等拍打,你就哇哇地哭了起来。医生递给我一把剪刀,让我剪脐带,可是那小剪刀比我预想的要紧得多,我费了好大劲才打开,然后颤颤巍巍地剪脐带,一剪刀还没剪断,又剪了一下才完全脱离。接着你就被弄到秤上做各种检查,我被叫到旁边签了一堆的字。你妈妈躺在旁边的产床上,有些虚弱,但妆也没花,急着问我你是不是双眼皮。我说这也看不出来啊。然后你被抱到她身边合影,你妈自己也没看出来是不是双眼皮。

因为你是早产儿,和你妈合完影,你就被抱去了新生儿科。我坐回你妈妈旁边,医生在给你妈妈处理身体。你妈妈问我啥感觉。我说完了,我忘了哭了。我咋一点想哭的感觉都没有呢?医生说因为你的情绪全程在跟着我们走,在帮着助产,所以情绪被我们带走了。

我问你妈,你想哭吗?你妈说她也完全不想哭,就想着评分是不是个满分宝宝、是不是双眼皮这类问题了。医生又来安慰我们,说可能是现在一切都很恍惚,等缓过劲来,我俩就该有新的情绪、该后知后觉地哭了。

可是,现在半个月过去了,我仍旧没有大哭一场的冲动,心情平静得如一潭死水,也如得道高僧般不悲不喜。你妈妈说我太冷血,我说在她怀孕期间,我哭了不知道多少次,这能证明我是有基本情感的人类。可我也对此时的心境不得其解,想不明白时,就只能全怪接生的医生,我想找她把我的情绪要回来。

你妈妈的情绪倒是回来得很快。最开始一两天,她在恢复身体,没有太多心思去考虑你,等到第三天,她的身体恢复得好一点的时候,躺在床上刷手机,突然就哭了起来。我急忙询问怎么了?她说看到一个说法,每一个早产的孩子都是着急出来提前爱爸爸妈妈的。然后又说现在算是体会到了空巢老人的感受,我们俩整天在病房里,都不知道是在干些什么。我说这不挺好么,放你身边你也不知道该怎么办。她说你在新生儿科太可怜了。我说我去看了,整个新生儿科就你一个早产儿,医生护士都围着你一个人转,比在咱们身边安全多了。

你妈妈又说我冷血,还感叹一番男人和女人就是不一样之类的话，还说如果你和别的孩子混在一起了，我肯定认不出来。

我和她辩论一番，并且信誓旦旦自己一定能认出来。后来当新生儿科又住进了别的宝宝后，果然验证了我的聪慧，我一眼就能把你和别的宝宝区分开。

我和你妈妈每天可以去探望你几次，我就把你和别的宝宝都拍了照片，然后很不道德地去对比谁更好看。当然，最后都是你胜出……我为了验证这不是父母的滤镜所致，还拉了一些朋友家人来对比，结论都是你好看。而被对比的那些被冠上了闷头闷脑、看起来会有啤酒肚、有点不像好人、长得比较局促等莫名的评判，在此，我对那几个宝宝表示真诚的道歉。

但想到他们的爸爸妈妈可能也会拿你做对比，你也遭受了奇奇怪怪的评价，这样心里就有点不舒服了……哎，人性好幽微啊，爸爸到了这个年纪了，还没学会完全坦然，你妈妈就更不淡定了，一边指责我去对比，一边却又在朋友圈大发你的照片，并且表明了只想得到赞美。当然，我也在朋友圈发了几次你的照片，然后在某一刻突然把灵魂抽出来审视自己，这行为是不是就是被很多人讨厌的晒娃？

是了，无须多问，就是了。但也没太觉得羞愧，只是在这一刻，突然理解了之前那些晒娃父母的心境。生命真是一条大河，在里面浸泡翻腾久了，个中滋味就都尝到了。原来人的棱角不是被磨没的，而是感受到的多了，自己就软化了。又想起那句话，宽容的基础是理解，理解的基础是感受，能感受到别人的时候，心就变软了。

你在新生儿科住了四天,其中两天都因为黄疸在照蓝光,那蓝光深幽,透着一股神秘的未来科技气息。我回来和你妈说,你看起来像外星宝宝。你妈妈说你本来就是住在天上的,在天上选妈妈,选来选去选择了她。我说不是,应该是选来选去都选不到好妈妈,后来一看这个爸爸挺好的,就跑了过来。

可是好爸爸真的不好当啊。由于疫情的原因,产房里只能有一个人陪护,于是我一边照顾虚弱的妈妈,一天六顿饮食的拿送,一边又隔两个小时就帮妈妈吸奶,然后灌在储奶袋里给你送去,接着回来要洗刷吸奶的设备,再消毒。这样的流程全天不间断,白天还能挺住,到了夜里,真是困得受不了,差不多都是睡一小时忙一小时再睡一小时。那段时间我有剧本要写,就只好大杯大杯地喝咖啡来提神,但写出来的东西真是一言难尽。

好在你的身体发育得很快,几天后就出院了,月子中心的车来接你和妈妈,医院还送了鲜花和蛋糕。我抱着你送到了月嫂的手中,你妈妈也跟着上了车子,我千万地嘱咐司机一定要慢点开,又交代一些事情给你妈妈。你妈妈却穿着小花裙子,全程不听我说话,一直在自拍。看来,她身体恢复得比想象中还神速。

月子中心的车子开走,我留在医院办理一些手续,办理好了又自己开着车子往家赶。脱离了医院的环境,又是独自一人,有些情绪就微微地回来了。在医院一进一出,几天的时间而已,我的身份就发生了转变,人世间的事还真是玄妙。

可我还是不想哭,心里还美滋滋的,就像海子那首诗里说的,你来人间一趟，你要看看太阳，和你的心上人一起走在街上的那种美滋滋，并一路提醒困乏的自己：千万要打起精神，不要出车祸……

我开车先回到家中，取了一些日常用品，然后就赶去月子中心。虽然事情烦琐，但心里对这一切都抱有新奇的体验，都是之前生命中不曾有过的感受。我记得曾经给自己写过，希望到了一定的年龄，不再受莫名情绪的困扰，只为具体的事情烦心。现在看来，已经缓缓地抵达了，或许老天收走我的情绪那一刻，就是在提醒我，恭喜你，你要的我已经开始给你了。

月子中心照顾你的人姓穆，是五十岁左右的阿姨，我和你妈都叫她穆姐。月子中心的工作人员介绍，穆姐有很多看护早产儿的经验，上一个照顾的也是个早产儿，客户从来没有给过差评。

穆姐人看起来很老实，照顾你也算认真负责，只是觉有点沉。月子中心的房间有两间，我和你妈住一间，穆姐和你住一间，你经常半夜里哭了，我和你妈都醒了，赶紧过去看，穆姐却还在呼呼大睡，然后眯着眼睛说："啊？咋醒了……"

穆姐除了觉沉，普通话也不太好，交流时经常冒出我们听不懂的方言，给你喂奶逗你玩的时候，也爱说方言。她常挂在嘴边的一句话是不当害，就是没啥事的意思。我们问她，屋子里气温这么高孩子不会热吗？她说不当害。我们说晒太阳的时候，是不是该把眼睛遮住？她说不当害。我们问这便是不是有点稀啊？她说不当害。

然后有天，我发现你的眼睛有点肿，我和你妈就又和穆姐说了。

穆姐看了看说不当害。我奇怪为啥不当害？她说可能是屋子里太热，凉快一会儿就好了。我不放心，叫了月子中心的护士来看。护士看了觉得不对劲，建议还是去医院看看。

我和你妈就赶紧带你去医院，穆姐也紧跟着，似乎因为自己之前的判断出了错误，有点怕我们责怪她，整个人看起来更蔫巴了。

到了医院里，嘈杂一片，全都是小孩子的哭闹声。医生开了化验单，我们抱着你去采血。穆姐和你妈都不敢靠前。我也是硬着头皮上前，把你的小手抓紧递给医生，看着采血针扎进你那筷子尖大的手指头，本来还在睡觉的你哇的一声哭了起来，我的心也一下子跟被针扎了似的，难受得不行。

看着你那皱巴巴的小脸，我的心里生出一种巨大的委屈感，是心疼你，也是觉得不该让你受苦。

还好检查结果不太坏，你眼睛肿的原因是对早产儿奶粉过敏，在停掉两顿之后就消肿了。但你妈妈因为担心焦急，从医院回来后整个人就开始恍惚，走路也摇摇晃晃的。我一摸她的额头，竟然烫得吓人，量了一下已经有三十九度了，就急忙又叫来月子中心的护士。护士查看了一下，说是急性乳腺炎，我就慌张地又把她送去了医院，可因为发烧，便让我们去发热门诊，要先做核酸检测。

我陪着你妈妈在发热门诊打点滴，你妈妈虚弱地半躺在椅子上睡着了，我也累得不行，靠在另一把梆硬的椅子上，也想着眯一会，却怎么也睡不着。看着屋子里其他的人，歪歪斜斜地靠在那里，因疾病因熬夜也因这凌晨白炽灯的照射，都透着股疲惫人生的死气沉沉。

那夜,我和你妈妈离开发热门诊时已经是凌晨三点多。回到月子中心,你和穆姐都睡着了,你妈妈也困得不行,但还是要用吸奶器把奶水吸出来,免得再次淤堵发炎。

吸奶器发出嗡嗡的声音,在持续震动,你妈妈靠在床头闭着眼睛,半梦半醒地挨着。我呆呆地坐在床尾,等着吸奶结束,然后洗刷消毒吸奶器。我隔着半透明的窗帘,看着街道的路灯泛着幽深的光,陷入了一种恍惚。凌晨好静啊,白日和夜晚的喧闹都偃旗息鼓了,像是一场人间的戏剧都跟着谢了幕,演员们在后台巴巴地等着,待几个时辰后大幕再次拉开,这人世间就又活了过来。

隔天,你妈妈还要去医院打针,她这回不让我陪着去,怕万一你有什么情况,穆姐又稀里糊涂地搞不好。我担心她,也担心你,左右为难。她为了让我宽心,故意做了些俏皮的举动,表示自己没事,然后一蹦一跳地走了。

你喝过奶睡着了,穆姐打着哈欠说让我看一会,她去洗漱一下。我就守在你的小床边紧紧地看着你。你睡得很香,可能是梦到了什么,噘起了嘴,这和你妈妈很像,她遇到什么不如意的事情时也喜欢噘嘴。我就想笑,随之产生了些一定要戒掉坏习惯、保持健康、不要短命的念头,否则我不在了的话,你俩万一遇到事情只会对着噘嘴该怎么办啊?

走廊里突然传来什么东西摔碎的声音,你被吓了一跳,在床上扭动了几下，就大哭了起来。我有些手足无措地把你抱起，一边萝卜蹲一边哄着你，说："别怕别怕，爸爸在呢，爸爸在呢。不哭，咱们不哭。"

你像是听懂了似的，慢慢就不哭了。我看着你小小的样子，在我的臂弯间又噘起嘴睡去，是一种心无旁骛的完全信任，心里突然被一种巨大的情绪冲击，一瞬间便热泪盈眶。我那丢失半个月的情绪竟然在此刻全都回来了。

我把你放回小床上，心里的情绪还是无法抑制。我们之间那条无形的纽带终于开始慢慢打结，逐渐编织成一根结实的绳索。

我那一刻很想在你的小脸上亲一下，但又想起你妈妈的提醒：有细菌不可以。我就在你的小脚上轻轻亲了一下，心里柔软地起了皱。

那一刻，阳光很好，透过窗户过滤了盛夏的炎热，就只有灿烂在蔓延。我突然领悟到一些生活的真谛，在你出生的那一刻，我想哭的情绪莫名地消失了，这或许是老天爷冥冥之中的一种提醒，告诉我不要哭了，你已经是个爸爸，要把情绪和感伤更内敛地收好，要把自己武装起来，更坚强地去面对这个世界。

这么说来，当爸爸这件事多少有点憋屈，可爸爸愿意去坦然地接受，因为爸爸在之前经历过生活中的很多苦难，才走到了现在能怀抱你的时刻。我是最能明白人生中的那些艰涩和恶意的。如果这个家中，非要有一个人用后背去抵挡这些苦难，那我就是最好的人选。因为爸爸希望你的人生不要承受不必要的苦难，不要遭受无力反抗的心灰意冷，更不要觉得后悔来人间一趟。

所以一会等妈妈回来，咱们仨一起拉拉钩，约定一下，以后可以噘嘴，但都不要再哭了，好吗？

因为我们来人间一趟，不是为了哭而来的。我们是要一身爽朗地，和喜欢的人走在街上，然后抬头看一看太阳。

这事你一定要记住。

爸爸

后记

Epilogue

岁月从此分两边

我坐的飞机一落地,澳门就下起了大雨,从酒店门前跑进大堂只有几步路,衣服却被淋透了。服务员说帮我升级了海景房,进到房间,却只见到一湾窄窄的河流,顺着它的流向极目远眺,在一整片氤氲的乌云之下,似乎藏着入海口。

朋友给我打来视频电话。我们前几年一起来过澳门,度过了几天属于年轻的日子。我给他看窗外的景色,河流对面竖起了大片的高楼,我说记得前几年还没有这些楼,澳门的变化也挺大的。他说那里不是澳门,是珠海。我急忙打开地图查看,确实如此,心里却升起一种异样的感觉,类似于不可思议。我搞不懂这感觉的由来,接下来的一整晚都在思索,这么常见的地缘现象为何让我产生奇异的感受。

我之前在老挝旅行,晚上在江边的餐厅吃饭,看到江水对面灯火通明。我问服务员那是什么地方?好热闹,要怎么过去逛一逛?服务员奇怪地看着我,说那里是泰国。我打开地图查看,发现自己所在的位置果然是在边境线上。但在那一刻,并没有产生如此刻这种奇异的感受。

这件事折磨了我好几天,后来从陆路离开澳门,走了几道出境关卡,车子上了港珠澳大桥,也终于从左车道换成右车道时,我才终于明白了这心境的由来。

它是一种心理距离和实际距离不相符所引起的困惑。简单点说,就是我对于澳门这块地方,出于历史的原因所导致的语言、文字、文化等与内地的不同,产生了心理距离上的遥远,哪怕地理上明白它就在珠海的旁边,可还是会因环境的陌生化而感觉去了很遥远的地方。但当珠海的大楼就矗立在眼前时,那种心理认知没法一下子扭转,于是便产生了这种怪异的感觉。

2013年,我自觉蹲在家里写小说的日子到了尽头。那时每天除了写作就是和楼下的老太太打麻将,偶尔和朋友昏天暗地地喝酒。这种生活过久了,人就颓了,于是我突然决定离开东北老家,想着趁年轻去看看外面的世界,便只拎着一个行李箱就去了北京。

到了北京后,我先是住在燕郊。那是一个叔叔家的新房子,两室一厅,我一个人住。但住了几天才明白那地方属于河北,不是北京,这和我最初的预设有出入,我要去的是北京,而不是河北。别人问起你去哪闯荡了,我说北京,听起来是写作的该干的事,但回答河北,别人就觉得莫名其妙。

于是我搬离了燕郊,在东三环与人合租了个房子。一切安顿下来后,发现仍旧无所事事,室友爱打麻将,周末总约人回来打川麻,血战到底，我看了两圈也明白了，就也上手跟着打。有次打到很晚，人困马乏，我突然意识到这事也不对，我在老家就是整天打麻将，到了北京干的还是同样的事，这不白折腾了吗？

我想，我得去找点工作做。但北京太大，我这人又懒，我便给自己设定了范围，工作地点要在步行十分钟之内。没想到要求这么苛刻的工作竟然也被我找到了，是在潘家园的一家拍卖公司做拍卖顾问。这是个好听的叫法，其实就是业务员，拉业务，让有古董的人把东西拿来拍卖。

我一开始觉得这个工作很新鲜，加上那时我也对古董很感兴趣，就认认真真地拉活，诚诚恳恳地去结识一些所谓的书法家画家。直到有天，一个唐山的大姐拿了一幅自己绣的俗艳十字绣上门，被公司的专家估值一百万元后，我才猛然醒悟：这是一家骗子公司。于是我当天就辞了职。半个月后，听说这个公司的所有员工都被带去派出所做了调查。

我觉得这事真的挺好笑的，对于一个写作者来说，所有乱七八糟的经历都是宝藏。但同时，我也心有余悸，于是便在那时决定，不要想着找什么工作了，还是好好写东西吧。

那时我在写一本关于东北的散文集，可是一直写得不顺。到了北京几个月后，可能是距离的遥远，也可能是身边环境的改变、语言饮食的不同，我越发地怀念老家的日子，甚至上升到了一种类似于乡愁的高度。

那段日子我每天带着电脑步行去首都图书馆，看书写作查资料，对于乡愁这种情感反复地研究。我由此发现一个特定的现象，就是乡愁大多是作者在远离了故乡之后产生的。在现实的距离里，北京距离东北并不远，只要我翻过山海关就等于回了东北，但在我的心里，故乡早已在千山万水之外，因这心理距离的遥远，对于很多事物有了新的审视，于是那文章突然写得顺遂了起来。

写下前面这两段小故事，是因我在多年的写作生活中，缓慢地悟到这种心理距离对于生活和文字所产生的影响，即便是自己写下的文章，如果搁置一段时间回看，也会因时间的距离而产生新的体会。

心理学有个理论，叫解释水平理论，它认为，人们对事物的表征方式取决于两者心理距离的远近。对那些远距离的事物，人们倾向于使用高水平解释，关注事物核心的、整体性的特征，着眼于事物的终极状态；对那些近距离的事物，则采用低水平解释，强调边缘的、细节化的局部特征，关注终极状态的具体实现过程。

现在回想起来，我当年写下的很多关于东北和故乡的文字，都是起源于这两种距离。

我在《再没有什么比生命更寂寥》里反复地写，跟我去北方吧，写着写着心里就难受。于是又写："悲歌可以当泣，远望可以当归。"

我回老家过春节，在离开时，我妈说就不下楼送我了，可当我走到小区门口回头看，发现她趴在窗户边一直在望着我。我当下就红了眼眶，在飞机场写下："终有一天你歌尽春风冬雪，却不敢提家乡的月。"

我在外多年，终于有时间，一整个夏天回东北旅行。我爬上开往加格达奇的夜车，一路摇晃，肚子里装了酒，却睡不着，心里反复嘀咕："原来每个人都是候鸟，飞走，归来，一生无休。"

后来和老家的朋友喝酒到天亮，坐在摩托车后面哼唱："人生啊就像一条路，一会西一会东，匆匆，匆匆。"哼着哼着就红了眼眶。

只是如今回想起来，这些又都是好多年前的事情了。

我现在定居在了江南的一座小县城里，这里有我未曾见过的山水和所有陌生的境遇。我的工作室窗外是一条碧绿的江水，晴天时山峦倒映在水中，一半幽深一半明亮。阴雨天，那山的轮廓又被云雾笼罩，缥缥缈缈，像极了人生里的许多虚妄。

在这里待习惯了，东北老家回去的就更少了，那种距离的远，除了地理和心理上的，又叠加了一个时间上的纬度，我对它的观察和感受比前些年有了更为"终极"的状态。如同鸟瞰大地，森林植被，一圈一点，都是众生。又因年纪的增长，对于细小的事物和人物的日常有了更多之前未有的体会，故乡在心里又变幻成了另一个样子。

可我词穷，无法用三言两语轻易地描绘出这种样子。所以当ONE 的主编熊老师邀请我写专栏时，我第一个便想到了要写这些，它们是我心中涌动了很久的惦念和哀愁。

在专栏写了几个月后，我回了一趟老家。在某个喝醉的午后，漫步在故乡的村落里，走到了曾经的家门前。那里现在的主人是一个中年男人，外出打工多年，一直找不到老婆，回来后经人介绍，和一个带着孩子的女人结婚。

我踮起脚尖往院子里看，一个七八岁的小孩子在院子里玩，他抬起头，警惕地看着我这个陌生人。我想和他说，我以前也在这个院子里玩的，你要是运气好，或许能在哪个犄角旮旯翻出我当年玩丢的弹珠来。

但一想到这，我就有点难过了。现在这个房子，前院后园都是属于他的童年，他往后一辈子都会惦念。那么，我的童年去了哪里呢？

后来，我又走到村子后面的农田里，秋天，大片的稻田在等待收割，好多朵明亮的云在飘着。我找了个坡地坐下，看着眼前的一切，等风把我的酒吹醒。好几个恍惚里，我又缩成了个孩子，在很多无所事事的午后就是这么坐着，等待或期盼着一些未来的未知时刻。

之后时间被大风呼呼吹过，我如一粒种子，被吹起，飘远，飘到另一个地方，犹豫，落下，扎根，重新生长。然后去获得，去失去，去艰难地过活。

这些年，总在忙忙碌碌中渴望更多的悠然，想做繁华人间背后那朵明亮的云。也时常提醒自己，要对人世有着真实的热爱，而不是对万物都意兴阑珊。却又矛盾地惦记着，等忙完了庸俗的事务，就去寻找高贵的灵魂。

渐渐地，故乡成了一个不太能轻易回去的地方。

我不知道这是注定的命运，还是我精挑细选的生活，时间的河流里，太多分岔，太难寻到那些细小的起源。

我只想起很多年前写过的几句小诗：

是你吧？

拎着旧皮箱，被远方蒙骗，岁月从此分两边。

是你吧？

拎着旧皮箱，站在北回归线，岁月和你两无言。

只谈朝霞无限，只看晚霞无眠。

原来我在那时，就早早写下了这人生的谶言。

完

2024 年 6 月